Viagens Extraordinárias
Obras Completas de Júlio Verne em 90 volumes

1ª Série
1. **A Volta ao Mundo em 80 Dias**
2. **O Raio Verde**
3. **Os Náufragos do Ar** - A ILHA MISTERIOSA I
4. **O Abandonado** - A ILHA MISTERIOSA II
5. **O Segredo da Ilha** - A ILHA MISTERIOSA III
6. **A Escuna Perdida** - DOIS ANOS DE FÉRIAS I
7. **A Ilha Chairman** - DOIS ANOS DE FÉRIAS II
8. **América do Sul** - OS FILHOS DO CAPITÃO GRANT I
9. **Austrália Meridional** - OS FILHOS DO CAPITÃO GRANT II
10. **O Oceano Pacífico** - OS FILHOS DO CAPITÃO GRANT III

2ª Série
1. **O Correio do Czar** - MIGUEL STROGOFF I
2. **A Invasão** - MIGUEL STROGOFF II
3. **Atribulações de um Chinês na China**
4. **À Procura dos Náufragos** - A MULHER DO CAPITÃO BRANIGAN I
5. **Deus Dispõe** - A MULHER DO CAPITÃO BRANIGAN II
6. **De Constantinopla a Scutari** - KÉRABAN O CABEÇUDO I
7. **O Regresso** - KÉRABAN O CABEÇUDO II
8. **Os Filhos do Traidor** - FAMÍLIA-SEM-NOME I
9. **O Padre Joann** - FAMÍLIA-SEM-NOME II
10. **Clóvis Dardentor**

LES ENFANTS DU CAPITAINE GRANT

VOYAGE AUTOUR DU MONDE

PAR JULES VERNE

DESSINS DE RIOU
GRAVURES DE PANNEMAKER

VOYAGES EXTRAORDINAIRES

Viagens Extraordinárias
Obras Completas de Júlio Verne em 90 volumes

1ª Série
Vol. **10**

Tradução e Revisão
Mariângela M. Queiroz

Villa Rica Editoras Reunidas Ltda
Belo Horizonte
Rua São Geraldo, 53 - Floresta - CEP 30150-070 - Tel.: (31) 212-4600
Fax: (31) 224-5151
http://www.villarica.com.br

Júlio Verne

O OCEANO PACÍFICO
Os Filhos do Capitão Grant III

Desenhos de L. Bennet

VILLA RICA
Belo Horizonte

2001

Direitos de Propriedade Literária adquiridos pela
VILLA RICA EDITORAS REUNIDAS LTDA
Belo Horizonte

Impresso no Brasil
Printed in Brazil

ÍNDICE

O Macquarie	9
O Passado do País para Onde Vão	18
As Carnificinas da Nova Zelândia	29
Os Escolhos	38
Os Marinheiros Improvisados	47
Em que o Canibalismo é Tratado Teoricamente	56
Em que Abordam a Terra da Qual Deveriam Fugir	64
O Presente do País em que se Acham	72
Cinqüenta Quilômetros ao Norte	82
O Rio Nacional	90
O Lago Taupo	101
O Funeral de um Chefe Maori	114
As Últimas Horas	123
A Montanha Tabu	133
Os Recursos de Paganel	146
Entre Dois Fogos	156
Por que o *Duncan* Estava na Costa da Nova Zelândia	166
Ayrton ou Ben Joyce?	174
Uma Transação	180
Um Grito no Silêncio da Noite	189
A Ilha Tabor	198
A Última Distração de Jacques Paganel	211

1
O MACQUARIE

Se alguma vez os que procuravam o capitão Grant tinham de perder a esperança de o tornarem a ver, este seria o momento, onde tudo lhes falhava. Em que parte do mundo iriam tentar uma nova expedição? Como explorar novos países? O *Duncan* já não existia, e o regresso imediato à pátria, era quase impossível. Tinha sido mal sucedida a empresa dos generosos escoceses. Mal sucedida! Conjunto de palavras que não encontra eco nas almas corajosas, e, contudo, sob o peso da fatalidade, era forçoso que Glenarvan reconhecesse a impossibilidade de prosseguir naquela empresa.

Mary Grant, em tão triste situação, teve coragem de não proferir o nome do pai. A lembrança da infeliz tripulação, que acabava de perecer, deu-lhe forças para reprimir seu pesar. A filha desapareceu diante da amiga, e foi ela quem consolou lady Glenarvan, depois de ter sido tão consolada por ela! E foi também a primeira a falar do regresso à Escócia. Ao vê-la tão corajosa, resignada, Mangles admirou-a. Quis falar em favor do capitão Grant, mas Mary o conteve com um olhar, e mais tarde lhe disse:

— Não, senhor John. Devemos pensar nos que se sacrificaram. É preciso que lorde Glenarvan volte para a Europa!

— Tem razão, srta. Mary — respondeu Mangles. — Também precisamos informar às autoridades inglesas sobre a sorte do *Duncan*. Mas não perca de todo a esperança. As pesquisas não serão abandonadas, porque eu as recomeçarei sozinho! Hei de encontrar o capitão Grant, ou morrerei tentando!

Era um compromisso sério o que assumia Mangles. Mary aceitou-o, e estendeu a mão para o jovem, como quem ratifica o tratado. Da parte de Mangles, aquele ato significava dedicação para toda a vida; da parte de Mary, gratidão eterna.

Naquele dia foi definida a partida para a Europa. Decidiram dirigir-se imediatamente a Melbourne. No dia seguinte, John foi indagar sobre os navios que estivessem de partida. Esperava que existisse transporte freqüente ligando Éden e a capital de Vitória.

Enganara-se. Os navios eram raros. Três ou quatro, fundeados na baía de Twofold, compunham toda a marinha mercante do porto. Não havia nenhum com destino para Melbourne, Sydney ou para a ponta de Gales, e só nestes três portos é que Glenarvan acharia navios com destino para a Inglaterra.

O que fazer nesta situação? Esperar um navio? Podia demorar, porque a baía de Twofold é pouco freqüentada. Muitos barcos passam ao largo, sem atracar.

Depois de muitas reflexões e discussões, Glenarvan estava quase resolvido a dirigir-se a Sidney, pelas estradas da costa, quando Paganel fez uma proposta inesperada.

O geógrafo tinha ido visitar a baía Twofold. Sabia que os meios de transporte entre Sidney e Melbourne eram escassos. Mas dos três navios fundeados no porto, havia um de partida para Auckland, capital de Ika-na-Maoui, ilha ao norte da Nova Zelândia. Paganel propôs que fretassem este navio e embarcassem para Auckland, de onde seria fácil voltarem à Europa nos barcos da companhia peninsular.

A proposta foi seriamente considerada. Além do mais, Paganel, desta vez, não se desmanchou na série de argumentos de que habitualmente era pródigo. Limitou-se a enunciar o fato, e ajuntou que a passagem levaria, no máximo, cinco ou seis dias.

Por uma singular coincidência, Auckland achava-se situada precisamente naquela linha do paralelo trinta e sete que os viajantes, obstinadamente, seguiam desde a costa da

Araucania. Sem que o pudessem acusar de parcialidade, o geógrafo podia muito bem tirar desta circunstância, argumento favorável à sua proposta. Era um ensejo, muito natural, de visitarem as costas da Nova Zelândia.

Contudo, Paganel não fez valer tal circunstância. Após dois desastres sucessivos, não queria se aventurar a uma terceira interpretação do documento. Depois, que mais poderia deduzir? Nele se dizia que um "continente" servira de refúgio ao capitão Grant, e não uma ilha. Ora, a Nova Zelândia era apenas uma ilha. Por esta razão, ou outra qualquer, Paganel não ligou a idéia de uma nova exploração à proposta de se dirigirem a Auckland. Apenas observou que entre este ponto e a Grã-Bretanha, existiam comunicações regulares, das quais poderiam se aproveitar.

Mangles aprovou a proposta de Paganel, mesmo porque, não se podia esperar pela vinda incerta de um navio à baía Twofold. Mas primeiro julgou conveniente vistoriar o barco indicado pelo geógrafo. Glenarvan, o major, Paganel, Robert e o próprio Mangles tomaram uma embarcação, e em poucas remadas chegaram ao navio, fundeado a pouca distância do cais.

Era um brigue de duzentas e cinqüenta toneladas, chamado *Macquarie*. Fazia cabotagem entre os diferentes portos da Austrália e da Nova Zelândia. O capitão recebeu os viajantes com bastante grosseria. Viram logo que se tratava de um homem sem educação, e cujas maneiras não o diferenciavam muito dos cinco marinheiros do seu navio. Cara larga e avermelhada, mãos grandes, nariz achatado, cego de um olho, lábios enegrecidos pelo cachimbo, e para arrematar, um aspecto brutal, faziam de Will Halley um triste personagem. Mas não havia escolha, e afinal, seria uma viagem curta.

— O que querem? — perguntou Halley aos desconhecidos que punham o pé na tolda do navio.

— O capitão? — perguntou Mangles.

— Sou eu — disse Halley. — O que mais?

11

— O *Macquarie* leva carga para Auckland?

— Sim. Que mais?

— Que carga?

— Tudo o que se vende e tudo o que se compra.

— Quando parte?

— Amanhã na maré do meio-dia.

— Poderia receber passageiros?

— Conforme eles forem, e se se contentarem com o rancho de bordo.

— Trariam as suas provisões.

— Que mais!

— Que mais?!

— Sim, quantos são?

— Nove, sendo duas senhoras.

— Não tenho camarotes.

— Usarão o beliche da popa, que será posto à sua disposição.

— Que mais?

— Aceita? — perguntou John Mangles, a quem as maneiras do capitão não embaraçavam.

— Veremos — respondeu o mestre do *Macquarie*.

Will Halley deu uma volta ou duas, batendo na tolda com as enormes botas ferradas, e depois se virou repentinamente para John Mangles.

— Quanto pagam? — perguntou.

— Quanto pede? — retorquiu John Mangles.

— Cinqüenta libras.

Glenarvan fez um sinal de aprovação.

— Bem! Cinqüenta libras — disse John Mangles.

— Mas a passagem só — ajuntou Will Halley.

— Só.

— Sustento a parte.

— À parte.

— Está combinado. E aí? — disse Will, estendendo a mão.

— Hein?

— O sinal.

— Eis metade do preço, vinte e cinco libras — disse John Mangles, contando na mão do mestre esta quantia. Will Halley meteu-a na algibeira sem dizer obrigado.

— Amanhã a bordo — disse ele. — Antes do meio-dia. Estejam ou não estejam, levanto ferro.

— Cá estaremos.

E então Glenarvan, o major, Robert, Paganel e Mangles desceram do navio, sem que Halley sequer levasse a mão ao chapéu encaixado sobre o cabelo ruivo e desgrenhado que lhe circundava a grande cabeça.

— Que estúpido! — disse Mangles.

— Gosto dele — retorquiu Paganel. — Um verdadeiro lobo do mar.

— Um verdadeiro urso! — ponderou o major.

— E parece-me que o tal urso já deve ter feito tráfico de carne humana — acrescentou Mangles.

— Que importa! — replicou Glenarvan. — Ele comanda o *Macquarie,* e o *Macquarie* navega para a Nova Zelândia. De Twofold-Bay a Auckland pouco o veremos; para lá de Auckland não o veremos mais.

Lady Helena e Mary receberam com satisfação a notícia de que a partida estava marcada para o dia seguinte. Glenarvan avisou-as de que o *Macquarie* não valia o *Duncan* quanto às comodidades. Mas, depois de tantas provações, elas não se importariam com tão pouco. O sr. Olbinett foi encarregado das provisões. Depois da perda do *Duncan,* o pobre homem chorara muitas vezes a senhora Olbinett, que ficara a bordo, e portanto, fora vítima dos bandidos. No entanto, continuou a desempenhar as funções de despenseiro com o costumado zelo, e o "sustento a parte" consistiu em víveres que nunca figuraram no ordinário do brigue. Poucas horas bastaram para fazer aquisição das provisões necessárias.

O major foi encarregado de descontar várias letras que Glenarvan tinha sobre o *Union Bank*, de Melbourne. Não queria estar sem dinheiro, e nem sem armas ou munições; por isso, renovou o seu arsenal. Quanto a Paganel, comprou um excelente mapa da Nova Zelândia, publicado em Edimburgo por Johnston.

Mulrady estava bem, recuperando-se rapidamente. Algumas horas passadas no mar deviam completar-lhe a cura. Tencionava tratar-se com as brisas do Pacífico.

Wilson foi incumbido de preparar o alojamento dos passageiros à bordo do *Macquarie*. Com algumas vassouradas e escovadelas, o beliche mudou de aspecto. Halley, encolhendo os ombros, deixou o marinheiro fazer o que quis. Não se importava com Glenarvan ou seus acompanhantes. Não sabia sequer seus nomes, mas não se inquietou. Aquele excesso de carga lhe rendia cinqüenta libras, mais do que as duzentas toneladas de couro que lhe abarrotavam o porão, e isso era tudo. Era um negociante. Já quanto às suas qualidades de marinheiro, Halley tinha conhecimento sofrível daqueles mares que os recifes de corais tornam muito perigosos.

Ao anoitecer, Glenarvan quis voltar ao ponto da praia que era cortado pelo paralelo trinta e sete. Dois motivos o impeliam a isto.

Desejava visitar mais uma vez o suposto local do naufrágio. Não havia dúvidas de que Ayrton fora contramestre da *Britannia*, a qual podia, realmente, ter se perdido naquele ponto da costa australiana, ou na costa oriental ou na ocidental. Não se devia abandonar irrefletidamente um local que não se tornaria a ver.

Depois, o *Duncan* caíra nas mãos dos bandidos. Quem sabe se teria havido combate? Porque não poderiam encontrar, na costa, vestígios de luta, de resistência? Se a tripulação tivesse morrido sobre as ondas, não teriam sido os cadáveres arremessados à praia?

Glenarvan e John trataram de fazer o reconhecimento. O dono do hotel Vitória pôs dois cavalos à sua disposição, e os viajantes tomaram a estrada norte que rodeia a baía Twofold.

Foi uma triste exploração. Glenarvan e John cavalgavam em silencio, compreendendo-se mutuamente. Os mesmos pensamentos e as mesmas angústias os atormentavam. Contemplavam os rochedos escavados pelo mar, e não tinham necessidade de trocar perguntas e respostas.

Graças ao zelo e inteligência de John, todos os pontos da costa foram explorados. Não colheram, porém, nenhum indício, cuja natureza os levasse a fazer novas pesquisas naquele local. Mais uma vez se perdia o rasto do naufrágio.

A respeito do *Duncan* também nada conseguiram. Toda aquela porção da Austrália, banhada pelo oceano, estava deserta.

Contudo, Mangles descobriu na praia vestígios de um acampamento recente, restos de fogueiras debaixo de árvores isoladas. Teria passado por ali alguma tribo nômade? Não, e um indício deu a Glenarvan a certeza de que os bandidos tinham freqüentado aquele ponto da costa.

Era uma camisola amarelo escuro, usada, remendada, sinistro farrapo abandonado junto de uma árvore. Já não estava ali o condenado, mas suas roupas o denunciavam. A roupa dos criminosos, depois de ter vestido algum miserável, acabava de apodrecer naquela praia deserta.

— Está vendo? — disse Glenarvan. — Os bandidos estiveram aqui! E os nossos pobres camaradas do *Duncan*?...

— Sim! — respondeu John, com voz abafada. — É verdade que não desembarcaram, que pereceram...

— Miseráveis! — exclamou Glenarvan. — Se caírem em minhas mãos, vingarei minha tripulação!...

A dor carregara o rosto de Glenarvan. Durante alguns minutos, ele contemplou a imensidade das ondas, procurando talvez com um último olhar algum navio perdido no espaço. Depois seus olhos perderam o fogo que os incendiara por momentos, recuperou a habitual serenidade, e sem dizer mais nada, retornou a Éden.

Faltava preencher uma só formalidade, a declaração ao oficial de justiça da terra, respectiva aos acontecimentos que haviam se passado. Foi feita aquela noite mesmo, perante Thomaz Banks. O magistrado mal pôde dissimular a sua satisfação ao formar o processo verbal. Estava encantado com o afastamento de Ben Joyce e seu bando. Toda a cidade tomou parte na satisfação da justiça. Os bandidos acabavam de deixar a Austrália, graças, é verdade, a novo crime, mas haviam partido. Notícia tão importante foi imediatamente telegrafada às autoridades de Melbourne e Sidney.

Depois, Glenarvan retornou ao hotel. Os viajantes passaram a última tarde tristemente. Os seus pensamentos divagavam sobre aquela terra fecunda em desgraças. Lembravam-se de tantas esperanças concebidas no cabo Bernouilli, e tão cruelmente desfeitas na baía Twofold!

Quanto a Paganel, apossara-se dele uma agitação febril. Mangles, que o observava desde o incidente no rio Snowy, sabia o que o geógrafo queria e não queria falar. Muitas vezes o apertara com perguntas as quais ele não respondeu.

Contudo, naquela noite, acompanhando-o ao quarto, John perguntou-lhe porque estava tão nervoso.

— Não estou mais nervoso do que o costume — respondeu Paganel, evasivo.

— Senhor Paganel, o senhor tem decerto algum segredo que o sufoca.

— O que quer — exclamou o geógrafo gesticulando, — é mais forte do que eu!

— O que é mais forte do que o senhor?

— A minha alegria por um lado, e o meu desespero pelo outro.

— O senhor está ao mesmo tempo alegre e desesperado?

— Sim, estou alegre e desesperado por ir visitar a Nova Zelândia.

— O senhor tem algum indício? — perguntou John Mangles com vivacidade. — Acaso achou os vestígios que haviam se perdido?

— Não, John! *Não se volta da Nova Zelândia!* Mas, em suma... o senhor conhece a natureza humana! A esperança é a última que morre! E a minha divisa é "*spiro, spero*", que vale todas as divisas do mundo!

2
O PASSADO DO PAÍS PARA ONDE VÃO

No dia seguinte, 27 de janeiro, os passageiros estavam instalados a bordo, no acanhado beliche do brigue. Will Halley não oferecera seu camarote às viajantes, que não estranharam tal indelicadeza da parte de tão grosseira pessoa.

Levantaram ferro na preamar. A âncora, com muito custo, largou o fundo. Soprava de oeste uma brisa regular. Largaram pano pouco a pouco. Os cinco homens manobravam lentamente, e Wilson ofereceu ajuda; mas Halley mandou que ficasse quieto, e não se metesse com o que não lhe dizia respeito. Costumava fazer as coisas sozinho e sem pedir ajuda ou conselho.

Falava isto, na verdade, para Mangles, a quem a imperfeição de certas manobras fazia sorrir. John não quis ouvir mais, deixando para intervir, se fosse preciso, quando visse que a imperícia de Halley comprometia a segurança do navio.

Finalmente, os cinco tripulantes, estimulados pelas pragas do mestre, conseguiram afinal largar pano. E por mais devagar que o *Macquarie* navegasse, em cinco ou seis dias, Glenarvan e seus acompanhantes deveriam chegar a Auckland.

Pelas sete horas da noite, perderam de vista as costas da Austrália, e o farol do porto de Éden. O mar, muito picado, forçava o navio. Os passageiros sofriam violentos balanços, que tornaram penosa a permanência no local que lhes fora destinado. Contudo, não podiam ficar na tolda, porque a chuva era violenta, e viram-se condenados a uma prisão rigorosa.

Conversou-se pouco. Lady Helena e Mary trocaram raras palavras. Glenarvan não sossegava. Andava de um lado para o outro, enquanto o major se conservava imóvel. Mangles, seguido por Robert, subia de quando em quando à tolda para observar o mar. Quanto a Paganel, metido em seu canto, murmurava palavras ininteligíveis e incoerentes.

Em que pensaria o digno geógrafo? Na Nova Zelândia, para a qual a fatalidade o conduzia. Reproduzia no espírito toda a história daquele país, cujo passado sinistro lhe surgia à memória.

Mas haveria nesta história algum fato, algum incidente que autorizasse os descobridores daquelas ilhas a considerá-las como um continente? Um geógrafo moderno, um marinheiro, poderia lhe dar tal denominação? Como se vê, Paganel não tirava a interpretação do documento da cabeça. Era uma idéia fixa. Depois da Patagônia, depois da Austrália, a sua imaginação, atraída pela palavra, concentrava-se na Nova Zelândia. Mas só um ponto o embaraçava.

— *Contin... contin...* — repetia ele, — quer dizer, por força, continente!

E pôs-se a passar pela memória a resenha dos navegadores que reconheceram as duas grandes ilhas dos mares do sul.

Foi a 13 de dezembro de 1642 que o holandês Tasman, depois de descobrir a terra de Van Diemen, veio fundear nas praias da Nova Zelândia. Navegou ao longo da costa durante alguns dias, e a 27 os seus navios entraram numa grande baía, na extremidade de um estreito canal que corria entre duas ilhas.

A do norte era Ika-na-Maoui, palavras zelandezas que significam o "peixe do Mawi". A ilha de sul era Tawai-Pouna-Mou, o que quer dizer "a baleia que produz o jaspe verde".[*]

Abel Tasman mandou a terra as canoas, as quais voltaram acompanhadas de duas pirogas que traziam uma ruido-

---

[*] Reconheceu-se depois que o nome indígena de toda a Nova Zelândia é Teika-Maoui. Tawai-Pouna-Mou só designa uma localidade da ilha central.

sa tripulação composta de naturais. Os selvagens tinham estatura mediana, pele trigueira e ossos salientes, voz rude, cabelo preto, amarrado no alto da cabeça à moda japonesa e enfeitado com uma grande pluma branca.

A primeira entrevista entre europeus e indígenas fizera esperar que se estabelecessem relações amigáveis e de grande duração. Porém, no dia seguinte, no momento em que uma das canoas de Tasman ia fazer o reconhecimento de um ancoradouro mais próximo da terra, sete pirogas tripuladas por grande número de indígenas atacaram-na violentamente. A canoa adernou e encheu-se de água. O patrão que a comandava foi logo ferido na garganta por um lança de feitio muito grosseiro. Caiu no mar. Dos seus seis companheiros, quatro ficaram mortos; ele e os dois restantes, nadando em direção ao navio, puderam ser recolhidos e salvos.

Depois deste funesto acontecimento, Tasman levantou ferro, limitando a sua vingança a atirar com o mosquete contra os naturais, que provavelmente não se feriram. Deixando a baía, que ficou com o nome de baía da Matança, navegou ao longo da costa ocidental, e a 5 de janeiro ancorou junto da extremidade norte. Neste lugar, impediram-no de fazer aguada não só a violência da ressaca como também as más disposições dos selvagens, e deixou de todo estas terras, a que pôs o nome de Statenland, isto é, Terra dos Estados, em honra dos Estados Gerais.

De fato, o navegador holandês imaginava que elas confinavam com as ilhas do mesmo nome descobertas ao oriente da Terra do Fogo, na extremidade meridional da América. Julgava ter achado "o grande continente do sul".

— Mas — dizia Paganel consigo, — aquilo que um marinheiro do século XVII chamou de continente, um marinheiro do século XIX chamaria pelo mesmo nome! Um erro destes é inadmissível! Não! Há alguma coisa que me escapa!

Pelo espaço de mais de um século a descoberta de Tasman ficou esquecida, e a Nova Zelândia parecia já não existir, quando um navegador francês, Surville, a avistou por 35°

Sete pirogas tripuladas por grande número de indígenas atacaram-na violentamente.

37' de latitude. A princípio não teve razão de se queixar dos indígenas; porém, os ventos assaltaram-no com violência extrema, e desencadeou-se uma tempestade, durante a qual a lancha que transportava os doentes da expedição foi arremessada à praia da baía do Refúgio. Aí, um chefe chamado Nagui-Noui recebeu perfeitamente os franceses e hospedou-os na sua própria cabana. Tudo caminhou perfeitamente até o momento em que uma canoa de Surville foi roubada. As reclamações do capitão foram baldadas, e julgou dever punir por aquele roubo uma aldeia inteira que incendiou. Vingança injusta e terrível, que não foi estranha às sanguinolentas represálias de que a Nova Zelândia ia ser teatro.

A 6 de outubro de 1769 apareceu naquelas costas o ilustre Cook. Ancorou na baía de Taoué-Roa com o seu navio, o *Endeavour,* e procurou atrair os naturais pelo seu bom tratamento. Mas, para tratar bem as pessoas, é preciso começar agarrando-as. Cook não hesitou em fazer dois ou três prisioneiros e impor-lhes à força os seus benefícios. Depois de muitos presentes e afagos, foram reenviados para terra. Dali a pouco, muitos naturais, seduzidos pela narração dos primeiros, vieram voluntariamente a bordo e fizeram transações com os europeus. Dias depois, Cook dirigiu-se para a baía Hawkes, vasto chanfro aberto na costa de leste da ilha setentrional. Estava em presença de indígenas belicosos, ruidosos, provocadores. As suas demonstrações foram mesmo tão longe, que foi necessário apaziguá-las com um tiro de metralha.

A 20 de outubro, o *Endeavour* fundeou na baía de Toko-Malou, onde vivia uma população pacífica de duzentas almas. Os botânicos de bordo fizeram frutíferas explorações no país, e os naturais transportaram-nas para o navio nas próprias pirogas. Cook visitou duas aldeias defendidas por paliçadas, parapeitos e fossos duplos, que revelavam certos conhecimentos em fortificações. O mais importante dos fortes estava situado num rochedo que as marés transformavam em verdadeira ilha, ou em coisa melhor do que ilha,

A 6 de outubro de 1769 apareceu naquelas costas o ilustre Cook.

porque não só as águas a rodeavam, como também rugiam através de um arco formado pela natureza, de vinte metros de altura, sobre o qual repousava o "pah" inacessível.

A 31 de março, Cook, depois de fazer durante cinco meses ampla colheita de objetos curiosos, de plantas indígenas, de documentos etnográficos e etnológicos, pôs o seu nome ao estreito que separa as duas ilhas, e deixou a Nova Zelândia. Nas suas viagens ulteriores devia tornar a vê-la.

Efetivamente, em 1773, o grande marinheiro tornou a aparecer na baía Hawkes, e foi testemunha de cenas de canibalismo. A culpa disso deve-se atribuir aos companheiros do capitão. Os oficiais, tendo achado em terra os membros mutilados de um selvagem ainda novo, trouxeram-nos para bordo, "fizeram-nos cozer", e ofereceram-nos aos naturais que se lançaram a eles com voracidade. Triste fantasia a de se fazerem cozinheiros de uma refeição de antropófagos!

Na sua terceira viagem, Cook tornou a visitar estas terras, pelas quais tinha particular predileção, e cuja planta hidrográfica desejava completar. Deixou-as pela última vez em 25 de fevereiro de 1777.

Em 1791, Vancouver fez uma estação de vinte dias na baía Sombre, sem proveito algum para as ciências naturais ou geográficas. Em 1793, d'Entrecasteaux percorreu quarenta quilômetros de costa na parte setentrional de Ika-Na-Maoui. Os capitães da marinha mercante, Hausen e Dalrympe primeiramente, e depois Baden, Richardson, Moody, surgiram naquelas paragens, demorando-se pouco tempo, e o doutor Savage, durante uma estada de cinco semanas, colheu interessantes informações a respeito dos costumes dos zelandeses.

Foi naquele mesmo ano, em 1805, que o sobrinho do chefe de Rangui-Hou, o inteligente Doua-Tara, embarcou a bordo do *Argo*, ancorado na baía das Ilhas e comandado pelo capitão Baden.

Talvez as aventuras de Doua-Tara venham a fornecer o assunto de uma epopéia a algum Homero maori. Foram fecundas em desastres, em injustiças, em maus tratos. Falta de fé, seqüestro, pancadas e ferimentos, eis o que o pobre selvagem recebeu a troco dos seus excelentes serviços. Que idéia não faria ele da gente que se dizia civilizada! Trouxeram-no para Londres. Fizeram dele um marinheiro de última classe, uma vítima da tripulação. Se não fosse o reverendo Marsden, teria morrido vítima dos maus tratos. Este missionário interessou-se pelo moço selvagem, em quem reconheceu juízo sólido, caráter bravo, doçura e afabilidade em grau admirável. Marsden arranjou para o seu protegido alguns sacos de trigo e instrumentos de cultura destinados ao seu país. O pequeno fardo foi-lhe roubado. As desgraças, os sofrimentos tornaram a oprimir o pobre Doua-Tara até 1814, onde afinal o tornam a ver nos país do seus antepassados. Ia colher o fruto de tantas vicissitudes, quando a morte o levou na idade de vinte e oito anos, no momento em que se dispunha a regenerar a sanguinária Zelândia. Com esta irreparável desgraça ficou, com certeza, a civilização atrasada muito anos. Nada preenche a perda de um homem inteligente e bom, que encerra no coração o amor do bem e o amor da pátria!

A Nova Zelândia esteve abandonada até 1816. Neste ano Thompson, em 1817 Lidiard Nicholas, em 1819 Marsden, percorreram diversas porções das duas ilhas, e em 1820, Richard Cruise, capitão do 84 regimento de infantaria, esteve ali durante dez meses, quando então a ciência ganhou sérios estudos sobre os costumes indígenas.

Em 1825 Duperrey, comandante da *Coquille,* fez um estação de quinze dias na baía das Ilhas, e só teve motivo para elogiar os naturais.

Depois dele, em 1827, o baleeiro inglês *Mercúrio* teve de se defender de tentativas de roubo e de assassinato. No mesmo ano, o capitão Dillon, em duas estações que fez, recebeu o mais hospitaleiro acolhimento.

Em março de 1827, o comandante do *Astrolabe,* o ilustre Durront d'Urville, pôde impunemente e sem armas passar algumas noites em terra no meio dos indígenas, trocar presentes e entoar canções, dormir nas cabanas, e realizar, sem estorvo, os seus interessantes trabalhos náuticos, que produziram os belos mapas existentes no museu de marinha.

Pelo contrário, no ano seguinte, o brigue inglês *Hawes*, comandado por John James, depois de tocar na bacia das Ilhas, dirigiu-se para o cabo de Leste, e sofreu bastante por causa da perfídia de um chefe chamado Enararo. Muitos dos seus companheiros padeceram morte horrível.

Destes acontecimentos contraditórios, destas alternativas de brandura e barbárie, deve-se concluir que muitas vezes as crueldades dos zelandeses foram simples represálias. O bom ou mau tratamento provinha muitas vezes dos bons ou maus capitães. Houve com certeza alguns ataques sem justificação da parte dos naturais, porém, foram em maior número as vinganças a que os europeus deram motivo, e infelizmente o castigo caiu muitas vezes sobre os que o não mereciam.

Depois de Urville, a etnografia da Nova Zelândia foi completada por um atrevido explorador que muitas vezes percorreu o mundo inteiro, um nômade, um boêmio da ciência, um inglês chamado Earle. Visitou os pontos desconhecidos das duas ilhas, sem pessoalmente ter que se queixar dos indígenas, mas foi muitas vezes testemunha de cenas de antropofagia. Os habitantes da Nova Zelândia devoravam-se uns aos outros com repugnante sensualidade.

Foi o que também o capitão Laplace verificou em 1831 durante a estação que fez na baía das Ilhas. Por este tempo já os combates eram muito mais temíveis, porque os selvagens manejavam as armas de fogo com admirável precisão. Os países outrora florescentes e povoados de Ika-Na-Maoui transformaram-se em profundas solidões. Haviam desaparecido povoações inteiras, como desaparecem rebanhos de carneiros, assadas e devoradas.

Debalde têm os missionários lutado contra estes instintos sanguinários. Desde 1808 que a *Church Missionary Society* enviava os seus mais hábeis agentes, — é o nome mais próprio, — às principais estações da ilha setentrional. Porém, a selvageria dos habitantes obrigou-a a suspender o estabelecimento das missões. Só em 1814 é que Marsden, o protetor de Doua-Tara, Hall e King desembarcaram na baía das Ilhas, e compraram aos chefes um terreno de duzentas jeiras por doze machados. Foi aí que se estabeleceu a sociedade anglicana.

Encontraram dificuldades ao princípio. Mas, em suma, os indígenas respeitaram a vida dos missionários. Aceitaram-lhes os desvelos e doutrinas. Alguns indígenas ferozes domesticaram-se. Naqueles corações desumanos despertou o sentimento da gratidão. Em 1824, os zelandeses chegaram até a proteger os seus "arikis", isto é, os reverendos, da selvageria de alguns marinheiros que os insultavam e ameaçavam com maus tratos.

Com o tempo, pois, as missões prosperaram, apesar da presença dos convictos evadidos de Port Jackson, que desmoralizavam a população indígena. Em 1831, o *Jornal das missões evangélicas* dava notícia de dois estabelecimentos consideráveis, situados, um em Kidi-Kidi, nas margens de um canal que corre para o mar na baía das Ilhas, o outro em Pai-Hia, à beira do rio de Kawa-Hawa. Os indígenas convertidos ao cristianismo tinham, sob a direção dos arikis, aberto comunicações através de florestas imensas, feito estradas, lançado pontes sobre as torrentes. Cada missionário ia por seu turno pregar a religião civilizadora nas tribos distantes, construindo capelas de junco ou de cortiça, escolas para as crianças indígenas, e sobre o teto destas modestas construções desenrolava-se a bandeira da missão, com a cruz de Cristo e as seguintes palavras: "Rongo-Pai", isto é, o Evangelho, em língua zelandeza.

Infelizmente, a influência dos missionários não passou além dos seus estabelecimentos. Toda a porção nômade das povoações escapou à sua ação. O canibalismo só acabou entre os cristãos, e ainda assim será bom não expor os conversos a tentações muito fortes. O instinto do sangue não emudeceu de todo.

Depois, a guerra ainda existe em estado crônico naqueles países selvagens. Os habitantes da Zelândia não são australianos embrutecidos que fogem diante da invasão européia; resistem, defendem-se, odeiam os invasores, e um ódio inextinguível incita-os neste momento contra os emigrados ingleses. O futuro destas grandes ilhas depende de um lance de dados. Espera-as uma civilização imediata ou uma barbaria profunda durante muitos séculos, conforme decidir o acaso das armas.

Foi deste modo que Paganel, com o espírito agitado pela impaciência, refez a história da Nova Zelândia. Nenhum incidente desta história autorizava a dar o qualificativo de "continente" àquele país composto de duas ilhas, e se algumas palavras do documento lhe tinham despertado a imaginação, as duas sílabas *contin* obstinadamente o detinham na senda de uma nova interpretação.

3
AS CARNIFICINAS DA NOVA ZELÂNDIA

A 31 de janeiro, quatro dias depois de haver partido, o *Macquarie* não atravessara ainda dois terços do oceano compreendido entre a Austrália e a Nova Zelândia. Will Halley pouco cuidava das manobras do navio, deixando as coisas correrem. Raramente o viam, fato do qual ninguém reclamava. Nem o perceberiam, se ele não se embebedasse todos os dias, no que era imitado por seus subordinados. Nunca houve navio que navegasse mais ao acaso do que o *Macquarie*.

Tão imperdoável desleixo obrigava Mangles a uma contínua vigilância. Mas de uma vez Mulrady e Wilson viraram o leme no momento em que alguma guinada ia fazer adernar o barco. Halley intervinha muitas vezes, e praguejava contra os dois marinheiros. Mulrady e Wilson, pouco pacientes, só pediam que os deixassem socar o bêbedo e metê-lo no fundo do porão para o resto da viagem. John Mangles continha-os, e reprimia, não sem custo, a sua justa indignação.

A situação do navio preocupava-o; mas para não inquietar Glenarvan, só falou nela ao major e a Paganel. Mac-Nabs deu-lhe, em outro termos, o mesmo conselho que lhe deram Mulrady e Wilson:

— Se lhe parece útil esta medida, John — disse Mac-Nabs, — não deve hesitar em tomar o comando. Depois de nos desembarcar em Auckland, esse beberrão ficará outra vez senhor do navio, e pode afundá-lo se quiser.

— Tem razão, senhor Mac-Nabs, e se for absolutamente preciso, seguirei o seu conselho. Enquanto estivermos no mar largo, bastará alguma vigilância; eu e os meus marinheiros não saímos da tolda. Mas quando nos aproximarmos da costa, se Will Halley não tiver recuperado a razão, confesso que me verei muito embaraçado.

— O senhor não podia assumir o comando? — perguntou Paganel.

— Será difícil — respondeu Mangles. — Acredita que não há um mapa a bordo?

— É possível?

— É. O *Macquarie* só faz a cabotagem entre Éden e Auckland, e Will Halley está tão costumado a estas paragens que não faz nenhuma observação náutica.

— Então imagina decerto — retorquiu Paganel, — que o navio conhece o caminho e se dirige por si.

— Navios não se dirigem sozinhos, e se Will Halley estiver bêbedo nas proximidades dos ancoradouros, estaremos em grandes apuros — prosseguiu Mangles.

— Esperemos que ele recupere a razão próximo a terra — disse Paganel.

— Em caso de necessidade, o senhor poderia conduzir o *Macquarie* a Auckland? — perguntou o major.

— Sem um mapa desta porção da costa, será impossível. As suas proximidades são muito perigosas. É uma série de pequenos recifes, irregulares e caprichosos como os recifes da Noruega. Além disso são numerosos, e é preciso muita prática para os evitar. Um navio, por mais sólido que seja, ficaria perdido, se a quilha batesse num dos rochedos submersos a poucos metros da superfície das águas.

— E se isto acontecesse — disse o major, — a tripulação não teria outro recurso senão refugiar-se na costa?

— Nenhum outro, senhor Mac-Nabs, e isso mesmo se o tempo o permitisse.

— Ora, ora! — replicou Paganel. — As praias da Nova Zelândia não são hospitaleiras, e corre-se tanto perigo a beira-mar como no interior.

— Fala dos maoris, senhor Paganel? — perguntou Mangles.

— Sim, meu amigo, a sua reputação está feita no oceano índico. Não são australianos tímidos ou embrutecidos, mas uma raça inteligente e sanguinária, canibais gulosos de carne humana, antropófagos de quem não se pode esperar misericórdia.

— Então — disse o major, — se o capitão Grant houvesse naufragado nas costas da Nova Zelândia, não nos aconselharia que lhe procurássemos o rasto?

— Nas costas, sim — respondeu o geógrafo, — porque se poderiam encontrar os vestígios da *Britannia*, mas no interior não, porque seria inútil. Todo o europeu que se mete por estes países cai nas mãos dos maoris, e todo o prisioneiro dos maoris está perdido. Instiguei-os, meus amigos, a passarem os Pampas, a atravessarem a Austrália, mas nunca os arrastarei para o interior da Nova Zelândia. Que a mão de Deus nos guie, e que ele não permita que alguma vez vamos cair em poder de tão ferozes indígenas!

Os receios de Paganel eram justificados. A Nova Zelândia tem uma fama terrível, e a todos os incidentes que assinalaram a sua descoberta se pode ligar uma data sanguinolenta.

É longa a lista das vítimas inscritas no martirológio dos navegadores. Foi Abel Tasman que deu começo com os seus cinco marinheiros, mortos e devorados, aos sangrentos anais do canibalismo. Depois dele, o capitão Turkney e toda a tripulação da sua lancha tiveram a mesma sorte. Para a banda oriental do estreito de Foveaux cinco pescadores do *Sydney-Cove* encontraram igualmente a morte nos dentes dos indígenas. Devem-se também citar quatro homens da goleta *Brothers* assassinados no porto Molineux, muitos soldados do general Gates, e três desertores da *Mathilde*, para falarmos por último do nome tão tristemente celebre do capitão Marion Du Fréne.

Em 11 de maio de 1772, depois da primeira viagem de Cook, o capitão francês Marion veio ancorar na baía das Ilhas com o seu navio *Mascarin*, e o *Castries* comandado pelo capitão Crozet. Os hipócritas da Nova Zelândia dispensaram excelente acolhimento aos recém-chegados. Mostraram-se até tímidos, e foram precisos presentes, favores, uma fraternização quotidiana, demonstrações amigáveis de parte a parte e por muito tempo para os aclimar a bordo.

O seu chefe, o inteligente Takouri, pertencia, admitindo o que diz Durmont d'Urville, à tribo dos Wangaroa, e era parente do natural traiçoeiramente raptado por Surville, dois anos antes da chegada do capitão Marion.

Num país em que a honra prescreve a todo o maori o dever de alcançar, à custa de sangue, a satisfação dos ultrajes, Takouri não podia esquecer a injúria feita à sua tribo. Esperou pacientemente a chegada de um navio europeu, cogitou o modo de se vingar, e realizou-o com atroz sangue frio.

Depois de fingir que receava os franceses, Takouri não se esqueceu de os adormecer em enganadora confiança. Takouri passou muitas vezes a noite com os seus companheiros a bordo dos navios. Traziam peixe escolhido. Acompanhavam-nos também as mulheres e as filhas. Depressa aprenderam os nomes dos oficiais e convidaram-nos a visitar as suas aldeias. Marion e Crozet, seduzidos por tais franquezas, percorreram toda a costa povoada de quatro mil habitantes. Os naturais vinham sair-lhes ao caminho e procuravam inspirar-lhes absoluta confiança.

O capitão Marion, dando fundo na baía das Ilhas, fizera-o na intenção de mudar a mastreação do *Castries,* muito danificada pelas últimas tempestades. Explorou o interior das terras, e, a 23 de maio, encontrou uma floresta de cedros magníficos a duas léguas da praia, e não longe uma baía distante uma légua dos navios.

Formou-se ali um estabelecimento, onde dois terços das tripulações, munidas de machados e de outros utensílios, trataram de derrubar árvores e de reparar os caminhos que conduziam à baía. Escolheram-se outros dois postos, um na ilhota de Motou-Aro, em meio do porto, para onde se transportaram os doentes da expedição, os ferreiros e os tanoeiros dos navios; o outro sobre o grande território à borda do oceano, a légua e meia dos navios; este último comunicava com o acampamento dos carpinteiros. Em todos estes postos, selvagens vigorosos e serviçais auxiliavam os marinheiros nos diversos trabalhos.

Contudo o capitão Marion não se abstivera até então de certa medida que a prudência aconselhava. Os selvagens nunca subiam armados a bordo do navio, e as lanchas só iam a terra com os tripulantes bem fornecidos de armamento. Afinal Marion e os mais desconfiados dos oficiais iludiram-se completamente com os modos dos indígenas, e o comandante ordenou que se desarmassem as embarcações. Contudo o capitão Crozet quis levar Marion a retirar semelhante ordem. Não conseguiu.

Então as atenções e a dedicação dos zelandeses redobraram.

Chefes e oficiais viviam em perfeita intimidade. Takouri levou muitas vezes o filho a bordo, e deixou-o dormir nos camarotes. A 8 de junho, Marion, por ocasião de uma visita solene que fez a terra, foi reconhecido por grande chefe de todo o país, e quatro penas brancas lhe enfeitaram o cabelo como sinal honorífico.

Trinta e três dias se passaram deste modo depois da chegada dos navios à baía das Ilhas. Os trabalhos da mastreação avançavam; os paióis de água enchiam-se na aguada de Motou-Aro. O capitão Crozet dirigia em pessoa o posto dos carpinteiros, e nunca se conceberam mais fundadas esperanças de realizar uma empresa com feliz êxito.

No dia 12 de junho, às duas horas, aprontou-se o escaler do comandante para uma projetada pesca junto da aldeia de Takouri. Marion embarcou com os dois jovens oficiais,

Vaudricourt e Lehoux, um voluntário, o capitão de infantaria e doze marinheiros. Acompanhavam-no Takouri e mais cinco chefes. Nada fazia prever a espantosa catástrofe que esperava dezesseis europeus dos dezessete que iam.

O escaler largou de bordo, navegou para terra, e dos dois navios bem depressa o perderam de vista.

À noite o capitão não veio dormir a bordo. Ninguém se inquietou com a sua ausência. Supuseram que tinha ido visitar o estaleiro da mastreação e passara lá a noite.

No dia seguinte, segundo o costume, a lancha do *Castrie* foi buscar água na ilha de Motou-Aro. Voltou a bordo sem incidente.

Às nove horas o marinheiro que fazia sentinela no *Mascarin* avistou um homem quase extenuado, nadando em direção dos navios. Foi em seu socorro um escaler e trouxe-o para bordo.

Era Turner, um dos homens da lancha do capitão Marion. Estava ferido num lado com duas lançadas, e era o único que voltava dos dezessete homens que na véspera tinham deixado o navio.

Interrogaram-no, e ficaram-se sabendo todas as particularidades do horrível drama.

O escaler do infeliz Marion chegara a aldeia às sete horas da manhã. Os selvagens vieram ter ao encontro dos visitantes com ares festivos. Conduziram às costas os oficiais e marinheiros que não queriam molhar-se ao desembarcar. Em seguida os franceses separaram-se uns dos outros.

Os selvagens, armados de lanças, de maças e de paus lançaram-se então sobre eles, e trucidaram-nos. O marinheiro Turner, ferido com duas lançadas, pôde escapar aos inimigos e ocultar-se no mato. Ali foi testemunha de cenas abomináveis. Os selvagens despiram os mortos, abriram-lhes o ventre, fizeram-nos em pedaços...

Sem ser visto, Turner lançou-se ao mar, e foi recolhido, moribundo, pelo escaler do *Mascarin*.

Este acontecimento consternou ambas as tripulações. Levantou-se um brado de vingança. Antes, porém, de vingar os mortos, era preciso salvar os vivos. Havia três postos em terra, e rodeavam-nos milhares de selvagens sequiosos de sangue, milhares de canibais com o apetite estimulado.

Na ausência do capitão Crozet, que passara a noite no estaleiro da mastreação, Duclesmeur, primeiro oficial de bordo, tomou as medidas que o caso tornava urgentes. A lancha do *Mascarin* foi mandada a terra com um oficial e um destacamento de soldados. Primeiro que tudo, este oficial devia socorrer os carpinteiros. Partiu, navegou ao longo da costa, viu o escaler do comandante Marion encalhado em terra, e desembarcou.

Ausente de bordo, como já se disse, o capitão Crozet nada sabia da matança, quando por volta das duas horas viu aparecer o destacamento. Pressentiu uma desgraça. Saiu-lhe ao caminho e soube a verdade. Proibiu que se dissesse alguma coisa aos seus companheiros, a quem não queria atemorizar.

Reunidos em bandos, os selvagens ocupavam as alturas. O capitão Crozet mandou remover a principais ferramentas, enterrou as outras, incendiou os telheiros e começou a retirada com sessenta homens.

Os naturais seguiam-no gritando: *"Takouri mate Marion!"* Esperavam assustar a marinhagem revelando-lhe a morte dos chefes. Os marinheiros, furiosos, quiseram precipitar-se sobre os miseráveis. O capitão Crozet conteve-os com dificuldade.

Andaram duas léguas. O destacamento chegou à praia e embarcou nas lanchas com os homens do segundo posto. Durante todo este tempo mais de mil selvagens, sentados no chão, não se moveram. Mas quando as lanchas se acharam ao largo, começaram a cair nuvens de pedras sobre a guarnição. Então quatro marinheiro, bons atiradores, mataram sucessivamente todos os chefes, com grande estupefação dos naturais, que não conheciam o efeito das armas de fogo.

O capitão Crozet abordou ao *Mascarin,* e expediu logo à lancha a ilha de Motou-Aro. Um destacamento de soldados estabeleceu-se na ilha para aí passar para a noite, e os doentes foram transportados para bordo.

No dia seguinte, um segundo destacamento veio reforçar o posto. Era preciso limpar a ilha dos selvagens e continuar a encher os paióis de água. A aldeia de Motou-Aro contava trezentos habitantes. Os franceses atacaram-na. Foram mortos seis chefes, o resto dos naturais foi passado a baioneta, a aldeia incendiada.

Contudo, o *Castries* não podia fazer-se ao mar, sem mastros, Crozet, obrigado a renunciar à floresta de cedros, teve de fazer mastros de compensado. Os trabalhos de aguada continuaram. Decorreu um mês. Os selvagens fizeram algumas tentativas para se apoderarem outra vez da ilha Motou-Aro, mas não o conseguiram. Quando as suas pirogas passavam ao alcance da artilharia, despedaçavam-lhes a tiro.

Concluíram-se afinal os trabalhos. Faltava saber se alguma das dezesseis vítimas não havia sobrevivido à matança e vingar as outras. A lancha, conduzindo um numeroso destacamento de soldados e de oficiais, dirigiu-se à aldeia de Takouri. Ao aproximar-se a embarcação, este chefe pérfido e covarde, fugiu, usando aos ombros o capote do comandante Marion. As cabanas da aldeia foram escrupulosamente revistadas. Na cabana chefe achou-se o crânio de um homem recentemente cozido. Ainda se viam nele os sinais dos dentes do canibal. Encontrou-se uma coxa humana espetada numa varinha de madeira. Reconheceu-se uma camisa, com o colarinho ensangüentado, que pertencera a Marion, como também se reconheceram as pistolas do jovem Vaudricourt, as armas do escaler e algum fato esfarrapado. Mais adiante, noutra aldeia, acharam-se entranhas humanas limpas e cozidas.

Estas provas irrecusáveis de assassinato e antropofagia foram recolhidas, e respeitosamente enterrados os restos humanos; em seguida as aldeias de Takouri e de Piki-Ore, seu cúmplice, foram incendiadas. No dia 14 de julho de 1772, os dois navios deixaram tão funestas paragens.

Tais foram os pormenores desta catástrofe cuja lembrança deve estar presente no espírito de todo o viajante que desembarca nas praias da Nova Zelândia. É imprudente o capitão que não aproveita estes ensinamentos. Os habitantes da Nova Zelândia continuam a ser pérfidos e antropófagos. Cook teve também ocasião de o reconhecer, durante a segunda viagem de 1773.

Efetivamente, a lancha de um dos seus navios, da *Aventura*, comandada pelo capitão Turneaux, dirigida a terra, a 17 de dezembro, a fim de fazer provisão de ervas silvestres, não tornou a aparecer. Ia tripulada por nove homens e um guarda-marinha. O capitão Turneaux, inquieto, mandou o tenente Burnay em procura da embarcação. Chegando ao lugar do desembarque, achou, disse ele, "um quadro de carnificina e de barbaria de que é impossível falar sem horror; as cabeças, as entranhas, os pulmões de muitos dos nossos homens, jaziam espalhados na areia, e não muito longe dali, alguns cães devoravam outros restos do mesmo gênero."

Para terminar esta lista de sangue, deve-se acrescentar o *Brothers*, atacado em 1815 pelos zelandeses, e toda a tripulação do *Boyd*, capitão Thompson, morto em 1820. Finalmente, no 1º de março de 1829, em Walkitaa, o chefe de canibais Enanaro, atacou o brigue *Havres* de Sydney; sua horda de canibais matou muitos marinheiros, e fez cozer os cadáveres e devorou-os.

Tal era o país da Nova Zelândia para o qual corria o *Macquarie*, tripulado por uma marinhagem estúpida, sob o comando de um bêbado.

4
OS ESCOLHOS

A penosa viagem prolongava-se. A 2 de fevereiro, com seis dias de navegação, o *Macquarie* não avistava ainda as costas de Auckland. E, no entanto, o vento era favorável, conservando-se de sudoeste; mas as correntes contrariavam-no, e o brigue andava pouco.

Felizmente, Halley, como homem com pouca pressa, não forçava a embarcação, o que poderia provocar, certamente, uma tragédia. Mangles esperava que a triste carcaça chegasse ao seu destino sem mais percalços, mas custava a acreditar.

Lady Helena e Mary Grant não se queixavam, apesar da chuva incessante que as obrigava a permanecer sob a tolda. Aí, a falta de ar e o balanço do navio incomodavam-nas muito. Por isso, subiam várias vezes à tolda, enfrentando a inclemência do céu, até que as lufadas insuportáveis as fizessem descer e recolher-se novamente naquele desconfortável recinto.

Os seus companheiros tentavam distraí-las. Paganel procurava matar o tempo contando suas histórias, mas pouco conseguiu. Desnorteados por aquele regresso, os espíritos estava abatidos. Enquanto que as dissertações do geógrafo sobre os Pampas ou sobre a Austrália foram ouvidas com interesse, os fatos e reflexões sobre a Nova Zelândia eram ouvidos com frieza e indiferença. Depois, todos iam para aquele país de sinistra memória não voluntariamente, mas sob a pressão da fatalidade.

De todos os passageiros do *Macquarie*, quem mais devia se deplorar era lorde Glenarvan. Poucas vezes era visto na coberta.

Não conseguia sossegar, e seu espírito nervoso não se resignava a tal prisão. Permanecia sobre a tolda o tempo inteiro, sem se inquietar com a chuva e com as vagas que entravam no navio. Nos pequenos intervalos em que o tempo melhorava, percorria o horizonte obstinadamente com a luneta. Parecia interrogar as ondas, querer rasgar com um gesto o nevoeiro que lhe ocultava o horizonte. Não podia resignar-se à sua sorte, e sua fisionomia indicava seu sofrimento. Era o homem enérgico, até então feliz e poderoso a quem, por um capricho inesperado do acaso, faltavam de repente poder e felicidade.

Mangles não o deixava, sofrendo junto ao seu lado. Naquele dia, enquanto Glenarvan perscrutava o horizonte, John aproximou-se:

— O senhor está procurando terra? — e diante da negativa de Glenarvan, prosseguiu: — Deve achar demorada a viagem. Há trinta e seis horas que devíamos ter avistado os faróis de Auckland.

Glenarvan não respondeu, continuando a observar o horizonte.

— A terra não fica deste lado – disse Mangles. – O senhor deveria olhar para estibordo.

Glenarvan não respondeu. Continuava a olhar, e durante um minuto conservou o binóculo assestado para o horizonte.

— A terra não fica deste lado, disse John Mangles. Vossa Honra deve olhar antes para estibordo.

— Porque, John? — perguntou Glenarvan. — Não é a terra que eu procuro!

— O que procura, milorde?

— O meu navio! O meu *Duncan*! — respondeu Glenarvan encolerizado. — Deve andar aqui, sulcando estes mares, como navio pirata! Tenho o pressentimento de que o encontraremos!

— Deus nos livre de semelhante encontro, milorde!

— Porque, John?

— O senhor esquece a nossa situação! O que faríamos neste brigue, se o *Duncan* o atacasse? Não poderíamos nem fugir!

— Fugir, John?

— Sim, milorde! Seríamos capturados, entregues à mercê destes miseráveis, e Ben Joyce mostrou que não recuaria diante de um crime. Pouco me importa a vida! Iríamos nos defender até a morte! Mas, e depois? Pense em lady Glenarvan, e também na srta. Grant!

— Pobres senhoras! – murmurou Glenarvan. – John, tenho o coração despedaçado, e sinto por vezes o desespero apossar-se de mim. Parece-me que me esperam novas catástrofes, e que o céu se declarou contra nós! Tenho medo! Não por mim, mas porque aqueles a quem amo, por aqueles a quem você ama também!

— Sossegue, milorde – redargüiu Mangles. – O *Macquarie* anda mal, mas anda. Halley é uma criatura embrutecida, mas eu estou aqui, e se achar que estamos perigosamente próximos da terra, conduzirei o navio. Por este lado não há, pois, perigo nenhum. Quanto a vermo-nos próximos do *Duncan*, Deus nos livre de tal, e se o senhor deseja avistá-lo, que seja com o fim de o evitar!

Mangles tinha razão. Um encontro com o *Duncan* seria funesto ao *Macquarie*. Ora, semelhante encontro era de se recear, nestes mares pouco vastos. Contudo, pelo menos naquele dia, o navio não apareceu, e chegou a sexta noite depois de partirem de Twofold-Bay, sem se concretizarem os receios de Mangles.

Aquela noite, porém, foi terrível. Por volta das sete horas a escuridão invadiu o mar quase subitamente. O céu estava muito ameaçador. O instinto do marinheiro, superior ao embrutecimento do bêbado, sobressaiu-se em Halley. Ele saiu do camarote esfregando os olhos, respirou fundo e examinou a mastreação.

Refrescava o vento, e rodando uma quarta para o norte, impelia o barco na direção da costa zelandeza.

Halley chamou seus homens com um grande número de pragas, e fez diminuir os joanetes e largar o pano destinado para a navegação da noite. Mangles aprovou o que ele fazia sem dizer nada. Desistira de conversar com aquele marujo grosseiro. Mas nem ele nem Glenarvan deixaram a tolda.

Duas horas se passaram. A vaga engrossava e o *Macquarie* experimentava no fundo batidas capazes de fazerem crer que tocava as rochas com a quilha. Isso não acontecia, mas o pesado casco elevava-se com dificuldade sobre a vaga, o que facilitava a entrada de água. O bote foi levado por um golpe do mar.

Mangles ficou inquieto. Qualquer outro barco enfrentaria facilmente vagas tão pouco temíveis, mas, com um navio tão pesado, era de recear que ele fosse a pique, porque a tolda enchia-se de água a cada balanço, e o mar, não achando rápida vazão nos embornais, podia submergir o navio. Por medida de precaução seria prudente quebrar os paveses a machado, a fim de facilitar a saída das águas, mas Will Halley recusou tomar essa cautela.

Mas um perigo maior ameaçava o *Macquarie*, e já era tempo de evitá-lo.

Pelas onze horas e meia, John Mangles e Wilson, que estavam à borda do navio, a sotavento, ouviram um ruído insólito. O seu instinto de homens do mar despertou. John agarrou na mão do marinheiro e disse:

— A ressaca!

— Sim, a ressaca — replicou Wilson. — A vaga quebra-se de encontro aos escolhos.

— Está muito perto?

— Muito! A terra está próxima!

John debruçou-se sobre as trincheiras, observou as sombrias ondas e exclamou:

— A sonda! Wilson, a sonda.

Wilson lançou mão da sonda, e correu para as mesas do traquete. Lançou a sonda; a corda deslizou-lhe por entre os dedos. Ao terceiro nó, o chumbo parou.

— Três braças! — bradou Wilson.

— Capitão — disse John, correndo para Halley, — estamos sobre os escolhos.

Se ele viu ou não Halley encolher os ombros, pouco importa. Precipitou-se sobre o leme, virou-o, enquanto Wilson, largando a sonda, alçou braços da gávea grande para fazer orçar o navio. O marinheiro que estava ao leme, vigorosamente repelido, não compreendera aquele súbito ataque.

— Braceie a barlavento! Larga! Larga! — gritava o jovem capitão, manobrando de modo que se afastasse dos recifes.

Durante meio minuto, o costado de estibordo do brigue correu ao longo dos recifes, e, apesar da escuridão da noite, John percebeu uma linha mugidora que alvejava na superfície das águas, a quatro braças de distância do navio.

Halley, vendo o perigo, perdeu a cabeça. Os marinheiros, a quem a embriaguez mal começava a passar, não podiam compreender as suas ordens. Demais, a incoerência das palavras, a contradição das vozes de comando, mostravam que o sangue-frio faltava àquele estúpido beberrão. Apanhava-o de surpresa a proximidade da terra, que calculava estar mais distante. As correntes tinham-no afastado do seu rumo habitual e apanhado desprevenido o miserável.

Entretanto a rápida manobra de John Mangles acabava de arredar o *Macquarie* dos escolhos. John ignorava, porém, a sua posição. Podia muito bem suceder que se achasse em meio a um cinto de recifes. O vento soprava na direção de leste, e a cada movimento da arfagem o navio podia tocar nos escolhos.

Dali a pouco aumentava o ruído da ressaca pela proa, a estibordo. Foi preciso orçar novamente. Os recifes multiplicavam-se debaixo da roda de proa do brigue, e foi necessário tornar a bracear para o barco se fazer outra vez ao largo. Esta manobra seria bem sucedida com um barco mal equilibrado e com um velame reduzido? Era incerto, mas convinha tentar.

— Vire o leme todo a sotavento! — gritou Mangles.

O *Macquarie* começou a aproximar-se de nova linha de recifes. Não tardou que o mar espumasse por efeito do choque dos rochedos submergidos.

Foi um momento de angústia. A espuma tornava as ondas luminosas. Dir-se-ia que um fenômeno de fosforescência as iluminava subitamente. O mar uivava. Wilson e Mulrady, curvados sobre a roda do leme, jogavam nele com todo o seu peso. O leme tocava num lado do navio.

De repente deu-se um choque. O *Macquarie* batera numa rocha. Os pratarrazes do gurupés quebraram e comprometeram a estabilidade do mastro de traquete.

Houve, de repente, um momento de calma e o navio voltou a sotavento. A sua manobra foi suspensa de súbito. Uma grande vaga apanhou-o em cheio, impeliu-o mais para os recifes, e o navio caiu sobre eles com uma violência extrema. O traquete veio abaixo com todo o massame. O brigue balançou e então ficou imóvel, adornando a estibordo com uma inclinação de trinta graus.

Os vidros da escotilha voaram em pedaços. Os passageiros subiram precipitadamente para a tolda. Mas as vagas varriam-na de uma extremidade à outra, e eles não podiam ficar ali sem perigo. Mangles, sabendo que o navio estava solidamente enterrado na areia, pediu-lhes que se tornassem a recolher.

— A verdade, John? — perguntou friamente Glenarvan.

— A verdade, milorde — respondeu Mangles, — é que não iremos a pique. Quanto ao navio ser demolido pelas vagas, é outra questão, mas temos tempo para ver o que se há de fazer. Convém esperarmos que amanheça.

— Não se pode deitar o escaler ao mar?

— Com o mar assim, e com esta escuridão, torna-se impossível! E depois, em que ponto da terra deveríamos ir desembarcar?

— Bem, John, nesse caso fiquemos aqui até ao romper do dia.

Will Halley corria como doido pela tolda. Os marinheiros, tornando a si da sua estupefação, arrombaram um barril de aguardente e puseram-se a beber. John previu que a sua embriaguez ia bem depressa ocasionar terríveis cenas.

Não podiam contar com o capitão para os reprimir. O miserável arrancava os cabelos e torcia os braços. Só pensava na carga que não estava segura.

— Estou arruinado! Perdido! — gritava ele, correndo de uma a outra borda.

Mangles não se lembrava sequer de o consolar. Armou os seus companheiros, e todos se dispuseram a repelir os marinheiros que se fartavam de brandi, proferindo espantosas blasfêmias.

— O primeiro destes miseráveis que se aproximar — disse tranqüilamente o major, — mato-o como a um cão.

Os marinheiros viram que os passageiros estavam resolvidos a contê-los, e, depois de algumas tentativas de pilhagem, desapareceram.

Mangles não se ocupou mais de bêbados e esperou impacientemente o dia.

O navio estava, então, absolutamente imóvel. O mar sossegava pouco a pouco. O vento amainava. O casco resistiria algumas horas. Ao romper do dia John examinaria a terra. Se apresentasse um ancoradouro fácil, o bote, agora a única embarcação de bordo, serviria para o transporte da tripulação e dos passageiros. Seriam precisas três viagens pelo menos, porque só havia lugar para quatro pessoas. Quanto ao escaler, viram que tinha sido levado por um golpe de mar.

Apoiado na clarabóia da escotilha, John Mangles ao mesmo tempo em que escutava o ruído da ressaca, refletia nos perigos da situação atual. Tentava ver na profunda escuridão. Perguntava a si mesmo a que distância estava da terra, ao mesmo tempo desejada e temida. Os recifes estendem-se muitas vezes a quilômetros e quilômetros da costa. A frágil embarcação poderia resistir a uma viagem um pouco longa?

Enquanto isso, as passageiras dormiam nos seus catres. A imobilidade do brigue assegurava-lhes, pelo menos, algumas horas de tranqüilidade. Glenarvan, John e os seus companheiros, não ouvindo já os brados da tripulação no auge de embriaguez, recuperavam as forças com um breve repouso, e pela uma hora da noite profundo silêncio reinava a bordo daquele brigue, também adormecido no seu leito de areias.

Finalmente começou a amanhecer. As nuvens tingiam-se levemente com os pálidos cambiantes da alvorada. O mar estava ainda um pouco picado, e as ondas do largo perdiam-se em meio de nuvens espessas e imóveis.

John esperou. A luz foi aumentando em intensidade, e o horizonte listrou-se de tons avermelhados. Sobre a vasta decoração do fundo foi-se erguendo lentamente a cortina do cenário. Os negros recifes principiaram a deitar os picos fora da água. Em seguida, sobre um listrão de espuma, desenhou-se uma linha, e um ponto luminoso acendeu-se como um farol no cume de agudo morro projetado sobre o disco ainda invisível do sol nascente. A terra estava a menos de quinze quilômetros.

— Terra! — exclamou John Mangles.

Os seus companheiros, despertando, subiram à tolda e contemplaram em silêncio a costa que se delineava no horizonte. Funesta ou hospitaleira, devia ser este o seu refúgio.

— Onde estão Halley e seus marinheiros? — perguntou Glenarvan.

— Não sei, milorde. Desapareceram! — respondeu John Mangles.

— Estavam bêbados, todos! — acrescentou Mac-Nabs.

— Procurem-nos — disse Glenarvan. — Não podemos deixá-los abandonados neste navio.

Mulrady e Wilson desceram ao alojamento do castelo de proa e passados dois minutos voltaram. O alojamento estava vazio. Revistaram todo o brigue até ao fundo do porão. Não acharam nem Halley nem os seus marinheiros.

— Ninguém? — disse Glenarvan.

— Cairiam ao mar? — perguntou Paganel.

— Tudo é possível — respondeu Mangles, preocupado com aquela desaparição.

Em seguida, dirigindo-se à popa, disse:

— Para a embarcação!

Wilson e Mulrady seguiram-no para lançar o bote ao mar. Mas o bote desaparecera!

5
OS MARINHEIROS IMPROVISADOS

Halley e sua tripulação, aproveitando o sono dos passageiros, tinham fugido na única embarcação do brigue. Não havia a menor dúvida a tal respeito. O capitão, a quem o dever obrigava estar a bordo até o desenlace da catástrofe, fora o primeiro a abandonar o navio.

— Os velhacos fugiram — disse Mangles. — Tanto melhor, milorde. Pouparam-nos cenas desagradáveis!

— Também acho — redargüiu Glenarvan. — Temos um capitão a bordo, John, e marinheiros corajosos, embora seus companheiros não sejam muito hábeis. Mas comande-nos, e iremos lhe obedecer.

O major, Paganel, Robert, Wilson, Mulrady e Olbinett aplaudiram as palavras de Glenarvan, colocando-se à disposição de Mangles.

— O que precisamos fazer? — perguntou Glenarvan.

O capitão percorreu o mar com a vista, observando a mastreação incompleta do brigue, e depois de refletir, disse:

— Temos dois meios de sair desta situação: desenrascar o barco e partir, ou alcançar a costa numa jangada, que será fácil de se construir.

— Se pudermos desenrascar o navio, vamos tentar. É a melhor resolução a se tomar, não é? — redargüiu Glenarvan.

— Sim, milorde, porque uma vez em terra, o que será de nós sem meio de transporte?

— Evitemos a costa! Devemos temer a Nova Zelândia — acrescentou Paganel.

— Além do que, a incúria de Halley arremessou-nos muito para o sul, não há dúvida. Vou confirmar, mas se estivermos para cá de Auckland, subirei com o *Macquarie* ao longo da costa.

— E as avarias do brigue? — perguntou lady Helena.

— Não são graves, milady — respondeu Mangles. — Se, por desgraça, o casco estiver arrombado, teremos que nos resignar a alcançar a costa, e seguir por terra até Auckland.

— Vejamos o estado do navio; é o mais importante — disse o major.

Glenarvan, John e Mulrady abriram a escotilha e desceram ao porão. Cerca de duzentas toneladas de peles curtidas aí se achavam mal arrumadas. John lançou ao mar uma parte dos fardos para aliviar o navio.

Depois de três horas de trabalho duro, pôde-se examinar o fundo do brigue. A bombordo, havia duas costuras abertas. Ora, como o *Macquarie* adornava a estibordo, o lado oposto saía fora da água, e as costuras danificadas estavam à vista. A água não podia entrar. Wilson tratou logo de consertar as costuras com estopa e uma folha de cobre cuidadosamente pregada.

Feita a sondagem, não acharam nem 3 metros de água no porão. As bombas deviam facilmente esgotar a água a alijar o navio na proporção do líquido tirado.

Examinado o casco, John declarou que ele que pouco sofrera. Era provável que parte da quilha falsa ficasse enrascada na areia, mas podia-se passar sem isso.

Depois de visitar o interior do navio, Wilson mergulhou a fim de determinar a sua posição.

O *Macquarie*, com a proa para nor-noroeste, dera num banco de areia lodosa em volta do qual o mar era profundo. A extremidade inferior da roda de proa e cerca de dois terços da quilha estavam profundamente enterrados na areia. A outra parte, flutuava numa água cuja altura atingia cinco braças. O leme não se enrascara, e funcionava livremente. John julgou inútil aliviá-lo, o que era uma vantagem, porque poderiam servir-se dele no primeiro momento de necessidade.

As marés não são muito vivas no Pacífico. Contudo Mangles contava com a chegada do preamar para safar o *Macquarie*. O brigue tocara no banco quase uma hora antes do preamar. Desde que a vazante se fizera sentir, a sua inclinação para estibordo tornara-se cada vez mais sensível. Às seis horas, no baixa-mar, chegava ao seu máximo de inclinação, e pareceu desnecessário especar o navio. Deste modo pôde-se conservar a bordo as vergas e os outros destroços, com os quais John tencionava arranjar um mastro para a proa.

Faltava tomar disposições para pôr o navio a nado. Havia de ser um longo e penoso trabalho. Era impossível estar tudo preparado para isso no preamar de meio-dia e um quarto. Iriam ver apenas como o brigue se comportava, em parte descarregado, sob a ação da enchente, e na maré seguinte fariam o esforço final.

— Mãos à obra! — ordenou Mangles.

Os improvisados marinheiros estavam às suas ordens.

John fez em primeiro lugar ferrar as velas que tinham ficado nas carregadeiras. O major, Robert e Paganel, dirigidos por Wilson, subiram à gávea grande. A vela, tendida pelo vento, estorvaria os esforços para desenrascar o navio. Era preciso ferrá-la, o que se fez conforme foi possível. Depois de um trabalho constante e árduo para mãos que não estavam habituadas, o mastaréu de joanete grande foi arriado. O jovem Robert, ágil como um gato, arrojado como um grumete, foi quem prestou maiores serviços durante tão difícil operação.

Tratava-se agora de espiar um ferro, talvez dois, à popa do navio e na direção da quilha. O esforço de tração devia exercer-se sobre as âncoras para erguer o *Macquarie* na enchente. É operação que não apresenta dificuldade alguma,

49

quando se dispõe de uma embarcação; mas aqui faltava a embarcação e era preciso substituí-la de algum modo.

Glenarvan tinha suficiente prática do mar para compreender a necessidade de tais operações. Havia-se de lançar uma âncora para desenrascar o navio na vazante.

— Mas sem a canoa, que fazer? — perguntou a Mangles.

— Vamos usar os restos do mastro do traquete e de barricas vazias — respondeu o capitão. — A operação será difícil, mas não impossível, porque as âncoras do *Macquarie* são de pequenas dimensões. Uma vez no fundo, se não agarrarem, espero ser bem sucedido.

— Bem, não percamos tempo, John.

Todos, marinheiros e passageiros, foram chamados. Tomaram todos parte na tarefa. Quebrou-se a machado o massame que ainda segurava o mastro de traquete. O mastro real partira na queda, de modo que o mastaréu da gávea pôde ser facilmente tirado. Mangles destinava esta plataforma para uma jangada. Sustentou-a por meio de barricas vazias, e tornou-a capaz de transportar as suas âncoras. Arranjou-lhe uma espécie de leme que permitia governar o aparelho. Demais, a vazante devia-o fazer abater precisamente para a popa do brigue; depois, quando as âncoras estivessem no fundo, seria fácil voltar para bordo, fazendo força com o cabo que amarrasse a jangada ao navio.

Quando o sol se aproximou do meridiano, estava quase concluído este trabalho. Mangles deixou Glenarvan continuar as operações começadas, e ocupou-se em determinar a sua posição. Esta determinação era muito importante. Por sorte, John achara na câmara de Halley, junto com um anuário do observatório de Greenwich, um sextante muito enxovalhado, mas suficiente para obter o ponto. Limpou-o e trouxe-o para a tolda.

Este instrumento, por meio de uma série de espelhos móveis, traz o sol para o horizonte no momento em que é meio-dia, isto é, quando o sol atinge o ponto mais elevado da sua carreira. Para operá-lo é preciso pôr a mira no horizonte verdadeiro, no que é formado pelo mar e pelo céu no ponto em que se confundem. Ora, a terra alongava-se num vasto promontório ao norte, e interpondo-se entre o espectador e o horizonte verdadeiro, tornava a observação impossível.

Nos casos em que o horizonte falta, é este substituído por um horizonte artificial. Serve ordinariamente para o caso uma vasilha de fundo chato, cheia de mercúrio, por cima da qual se opera. Deste modo o mercúrio apresenta por si mesmo um espelho perfeitamente horizontal.

John não tinha mercúrio a bordo, mas remediou em parte a dificuldade servindo-se de alcatrão líquido, cuja superfície refletia muito sofrivelmente a imagem do sol.

Como estava na costa ocidental da Nova Zelândia, conhecia já a longitude, o que era uma fortuna, pois que sem cronômetro não a poderia calculá-la. Só a latitude lhe faltava.

Por meio do sextante tomou a altura meridiana do sol acima do horizonte. Achou 68° e 30'. A distância do sol ao zênite era pois de 21° e 30', pois que estes dois números somados dão 90 graus. Ora, como pelo anuário, naquele dia, 3 de fevereiro, a declinação era de 16° e 30', juntando-a à distância zenital de 21° e 30', obtinha-se uma latitude de 38 graus.

A situação do *Macquarie* era, portanto, a seguinte: longitude 171° e 13', latitude 38 graus, salvo alguns erros insignificantes produzidos pela imperfeição dos instrumentos, e que não se podiam tomar em conta.

Consultando a carta de Johnston, comprada por Paganel em Éden, Mangles viu que o naufrágio tivera lugar na altura da baía de Aotea, acima da ponta Cahua, junto às margens da província de Auckland. Estando a cidade de Auckland situada no paralelo trinta e sete, o *Macquarie* derivara um grau para o sul. Tinha, pois, de subir um grau para alcançar a capital da Nova Zelândia.

— Um trajeto de trinta ou quarenta quilômetros. Não é muito — disse Glenarvan.

— O que não é nada no mar, será demorado e penoso em terra — replicou Paganel.

— Por isso — ponderou Mangles, — faremos tudo quanto é humanamente possível para desenrascar o *Macquarie*.

Feito o ponto, continuaram as operações. Um quarto de hora depois do meio-dia era maré cheia. John não a pôde aproveitar, porque ainda não lançara as âncoras ao mar. Mas nem por isso deixou de observar o *Macquarie* com alguma ansiedade. Sob a ação da maré, flutuaria o brigue? Em cinco minutos ia se decidir a questão.

Esperaram. Ouviram-se alguns estalos, produzidos, se não por um deslocamento, ao menos por um estremeção da carena. John teve esperanças para a maré seguinte mas em todo o caso o barco não se moveu.

Continuaram os trabalhos. Às duas horas estava pronta a jangada. Embarcaram nela o ancorote. John e Wilson acompanharam-no, depois de haverem amarrado uma espia na popa do navio. A vazante fê-los descair, e lançaram ferro à pouca distância. O fundo ofereceu boa pega, e a jangada voltou a bordo.

Faltava a âncora principal. Arriaram-na não sem dificuldades. A jangada recomeçou a operação, e daí a pouco a segunda âncora era lançada atrás da outra. Depois, Mangles e Wilson voltaram para o *Macquarie*.

A espia e o cabo foram presos no bolinete, e esperou-se pela próxima enchente, que devia começar às seis horas da tarde.

Mangles cumprimentou os marinheiros, e disse a Paganel que se o ajudassem a coragem e o bom comportamento, poderia um dia vir a ser contramestre.

O sr. Olbinett, depois de auxiliar nas diversas manobras, voltara para a cozinha. Preparara uma refeição confortadora que vinha a propósito.

Depois do jantar, Mangles tomou as últimas precauções que deviam assegurar o êxito da operação. Quando se trata de pôr um navio a flutuar, não se deve desprezar coisa alguma. Muitas vezes falta a empresa, por falta de algumas linhas no alojamento, e a quilha enrascada não se safa do seu leito de areia.

Mangles lançara ao mar uma grande parte das mercadorias, a fim de aliviar o navio, mas o resto dos fardos, os pesados destroços, as vergas sobressalentes, algumas toneladas de ferro que serviam de lastro, tudo foi transportado para a popa, para com o seu peso fazer com que a roda de proa mais facilmente se safasse. Wilson e Mulrady também transportaram para ali algumas barricas cheias de água, a fim de levantarem a bochecha do navio.

Era já meia-noite quando se concluíram os últimos trabalhos. A tripulação estava extenuada, circunstância lamentável no momento em que não seriam demais todas as suas forças para virar o bolinete, o que fez com que Mangles tomasse uma nova resolução.

A brisa amainava. O vento mal encrespava a superfície das ondas. Mangles, observando o horizonte, notou que o vento tendia a rondar do sudoeste para o noroeste. Um marinheiro não se podia enganar com a disposição particular e a cor das nuvens. Wilson e Mulrady eram da mesma opinião do seu superior. Mangles contou a Glenarvan o resultado das suas observações, e propôs-lhe que adiasse para o dia seguinte a operação de pôr o navio a flutuar.

— Em primeiro lugar estamos muito fatigados, e todas as nossas forças são precisas para safarmos o navio. Depois, desenrascado o barco, como o havemos de conduzir por entre os perigosos escolhos e no meio desta escuridão? Melhor trabalhar com dia claro. Depois, o vento promete ajudar-nos, e eu desejo aproveitá-lo; quero que o vento faça deslizar esta chaveco, quando o mar o puser a nado. Amanhã, se não me engano, soprará brisa de noroeste. Poremos todo o pano do mastro grande, e esse pano há de ajudar a levantar o brigue.

Eram convincentes tais razões. Glenarvan e Paganel, os impacientes de bordo, deram-se por convencidos, e a operação foi adiada para o dia seguinte.

A noite correu bem. Um quarto fora destinado para se vigiarem principalmente as âncoras.

Amanheceu. Realizavam-se as previsões de Mangles. Soprava uma brisa do nor-noroeste, que prometia refrescar. Era um aumento de força muito vantajoso. Foi pedido o auxílio da tripulação. Robert, Wilson, Mulrady no alto do mastro grande, o major, Glenarvan e Paganel sobre a tolda, dispuseram as manobras de maneira que se largassem as velas no momento preciso. A verga da gávea grande foi içada, a vela grande e o velacho ficaram nas suas carregadeiras.

Eram nove horas da manhã. Até à preamar iam ainda quatro horas. Não foram perdidas. John empregou-as em armar a sua guinda à proa do brigue, a fim de substituir o mastro de traquete. Poderia assim afastar-se daquelas perigosas paragens, desde que o navio fosse posto a flutuar. Os marinheiros empregaram novos esforços, e antes do meio-dia a verga do traquete estava solidamente colocada à maneira de mastro. Lady Helena e Mary Grant tornaram-se muito úteis, e carregaram uma vela de sobressalente na verga do joanete de proa. Para elas era uma alegria empregarem-se na salvação comum. Terminado isto, se o *Macquarie* deixava a desejar sob o ponto de vista da elegância, podia ao menos navegar com a condição de não se afastar muito da costa.

A maré enchia. O mar estava picado. As cristas dos escolhos iam pouco a pouco desaparecendo. Aproximava-se a hora de tentar a grande operação. Uma impaciência febril conservava os espíritos num estado de sobreexcitação. Ninguém falava. Olhavam todos para John, esperando uma ordem sua.

Mangles, debruçado do corrimão do castelo da popa, observava a maré. Lançava um olhar inquieto para os cabos muito esticados.

À uma hora o mar atingira a maior força da enchente. Chegara o momento em que a maré já não sobe e ainda não principia a baixar. Era preciso operar sem demora. Içaram a vela grande e o velacho, que, impelidos pelo vento, ficaram sobre.

— Ao bolinete! — bradou Mangles.

Era um bolinete munido de braços como as bombas de incêndio. Glenarvan, Mulrady e Robert de um lado, Paganel, o major e Olbinett do outro, carregaram sobre as balanças que comunicavam movimento ao aparelho.

— Força! Força! — gritou o moço capitão.

O cabo e a espia esticaram sob a potente ação do bolinete. As âncoras ficaram firmes e não agarraram.

Era preciso conseguir prontamente o que se queria. O preamar só dura alguns instantes. O nível de água não devia tardar a baixar.

Redobraram os esforços. O vento soprava com violência e fazia bater fortemente o pano de encontro ao mastro. Sentiram-se alguns estremecimentos no casco. O brigue pareceu que se ia levantar. Talvez bastasse poucos centímetros para o arrancar ao banco de areia.

— Helena! Mary! — gritou Glenarvan.

As duas jovens vieram juntar os seus esforços aos dos companheiros. Ouviu-se um último estalido do linguete.

Mas foi tudo. O brigue não se moveu. A operação falhara. A vazante começava, e tornou-se evidente que mesmo com a ajuda do vento e da maré, a limitada tripulação não poderia pôr o navio a flutuar.

6
EM QUE O CANIBALISMO
É TRATADO TEORICAMENTE

Falhara o primeiro meio de salvação tentado por Mangles. Era preciso recorrer ao segundo sem demora. Tornava-se evidente que não se podia desencalhar o *Macquarie,* e que o único recurso que restava era abandonar o navio. Esperar a bordo por socorro seria imprudência e loucura. Antes da chegada providencial de um navio ao teatro do naufrágio, o *Macquarie* ficaria em pedaços! A primeira tempestade que sobreviesse, ou apenas algumas lufadas que soprassem do largo e picassem um pouco o mar, arremessariam o navio sobre as areias, despedaçá-lo-iam, espalhando-lhe os destroços. Antes da inevitável destruição, John queria alcançar a terra.

Propôs então a construção de uma jangada com solidez capaz de transportar os passageiros e suficiente quantidade de víveres para a costa zelandeza.

Não se devia perder tempo em discussões. Iniciaram os trabalhos, os quais já estavam adiantados quando a noite veio.

Pelas oito horas da noite, depois da ceia, enquanto lady Helena e Mary repousavam, Paganel e os seus amigos, passeando pela tolda, tratavam de graves questões. Robert não quisera sair do pé deles. O bom moço, pronto para qualquer serviço, para qualquer empresa arriscada, era todo ouvidos.

Paganel perguntava a Mangles se a jangada não poderia seguir pela costa até Auckland em vez de desembarcar os passageiros em terra. John respondeu que era impossível essa navegação com tão frágil aparelho.

— E o que não podemos empreender com uma jangada — disse Paganel, — poderíamos ter feito com a canoa do brigue?

— Teoricamente, sim — respondeu Mangles, — mas com a condição de navegar só de dia.

— Portanto, esses miseráveis que nos abandonaram...

— Ora, esses — respondeu Mangles, — estavam embriagados; com uma escuridão destas, receio que pagassem com a vida tão covarde abandono.

— Tanto pior para eles, e tanto pior para nós, porque a canoa iria nos ser bem útil.

— Seja, Paganel — disse Glenarvan. — A jangada nos levará para terra.

— É isso mesmo o que eu queria evitar — replicou o geógrafo.

— O que! Pois uma viagem de quarenta quilômetros, no muito, depois do que fizemos nos Pampas e através da Austrália, pode acaso assustar quem está costumado às fadigas?

— Meus amigos — retorquiu Paganel, — não ponho em dúvida nem a nossa coragem, nem o valor dos nossos companheiros. Quarenta quilômetros! Em qualquer outro país, que não seja a Nova Zelândia, não é nada. Não me achem covarde. Eu fui o primeiro a arrastá-los através da América e da Austrália. Mas nada é tão mau como arriscarmo-nos a atravessar este traiçoeiro país.

— Pois eu digo que o pior de tudo será arriscarmo-nos a perda certa sobre um navio encalhado — replicou Mangles.

— O que temos tanto a recear na Nova Zelândia? — perguntou Glenarvan.

— Os selvagens — respondeu Paganel.

— Os selvagens! — replicou Glenarvan. — Não podemos evitá-los navegando costa à costa? Depois, o ataque de alguns miseráveis não pode preocupar dez europeus bem armados e resolvidos a defenderem-se.

— Não se trata de miseráveis — retorquiu Paganel sacudindo a cabeça. — Os zelandeses formam tribos terríveis que lutam contra o domínio inglês, que se batem contra os invasores, que os vencem muitas vezes, que os comem sempre!

— Canibais — exclamou Robert, — canibais!

Em seguida ouviram-no murmurar com terror as seguintes palavras:

— Minha irmã! milady!

— Não tenha medo, meu filho — replicou-lhe Glenarvan para o tranqüilizar. — O nosso amigo Paganel exagera!

— Não exagero — replicou Paganel. — Robert mostrou que era um homem, e como homem o trato não lhe ocultando a verdade. Os zelandeses são gulosos antropófagos. Devoram tudo o que apanham ao alcance do dente. Para eles a guerra é apenas uma caçada à saborosa caça chamada homem, e devemos confessar, é a única com lógica. Os europeus matam os inimigos e enterram-nos. Os selvagens matam os inimigos e comem-nos, e como muito bem disse o meu compatriota Toussenel, o mal não está tanto em assar o inimigo depois de morto como em matá-lo quando ele não quer morrer.

— Paganel — observou o major, — temos assunto para discussão, mas não é ocasião oportuna para discutir. Que seja ou não lógico comer gente, nós, em todo o caso, não queremos ser comidos. Mas como é que o cristianismo não pôde ainda destruir os costumes da antropofagia?

— Julga que todos os zelandeses são cristãos? — respondeu Paganel. — Só a minoria segue a religião de Cristo, e os missionários são ainda muitas vezes vítimas destes brutos. No ano passado, o reverendo Walkner foi martirizado com horrível crueldade. Os maoris enforcaram-no. As mulheres arrancaram-lhe os olhos. Beberam-lhe o sangue, comeram-lhe os miolos. E o assassinato foi em 1864, em Opotiki, a alguns quilômetros de Auckland, por assim dizer, à vista das autoridades inglesas. Meus amigos, são preciso séculos para mudar a índole de uma raça. Os maoris hão de ser por muito tempo o que têm sido até aqui. Toda a sua história é de sangue. Quantas tripulações eles não têm trucidado e devorado, desde os marinheiros do *Tasman* até aos marinheiros do *Hawes*! E não foi a carne humana que lhes despertou o apetite. Muito antes da chegada dos europeus, os zelandeses pediam ao assassinato a saciedade da sua glutonaria. Muitos viajantes têm vivido entre eles, e assistiram a banquetes de canibais, a que os convivas só eram levados pelo desejo de comer de um manjar delicado, como a carne de uma mulher ou de uma criança!

— Ora! — exclamou o major. — Estas narrações, não serão devidas na maior parte à imaginação dos viajantes? Todos gostam de dizer que vêm de países perigosos e do estômago dos antropófagos.

— Já dou desconto ao exagero — replicou Paganel. — Refiro-me, porém, às narrações de homens dignos de fé, tais como os missionários Kendall, Mardsen, os capitães Dillon, d'Urville, Laplace, e de muitos outros; narrações nas quais devo crer. Os habitantes da Nova Zelândia são cruéis por natureza. Por ocasião da morte dos seus chefes imolam vítimas humanas. Pretendem com estes sacrifícios aplacar a cólera do defunto, que poderia ferir os vivos, e ao mesmo tempo oferecem-lhes servidores para o outro mundo! Mas como eles comem os criados póstumos depois de os terem trucidado, há razões para crermos que o estômago os impele mais a isso do que a mesma superstição.

— Contudo — disse Mangles, — imagino que a superstição desempenha um papel nas cenas do canibalismo. Por isso, se a religião mudar, também hão de mudar os costumes.

— Você está levantando a grave questão da origem da antropofagia. É a religião ou a fome que leva os homens a devorarem-se uns aos outros? Tal discussão seria ociosa neste momento. Ainda não se sabe por que existe o canibalismo; mas existe, e fato tão grave deve-nos preocupar por muitos motivos — replicou Paganel

O sábio dizia a verdade. A antropofagia chegou a estado crônico na Nova Zelândia, como também nas ilhas Fidji e no estreito de Torres. Não há dúvida de que a superstição intervém em tão odiosos costumes, mas há canibais, porque há momentos em que falta a caça e a fome é grande. Os selvagens começaram por comer carne humana a fim de satisfazer as exigências de um apetite raramente saciado; depois, os padres santificaram estes monstruosos costumes. Numa palavra, o banquete tornou-se cerimônia.

Aos olhos dos maoris, nada mais natural do que devorarem-se uns aos outros. Os missionários muitas vezes os têm interrogado a respeito do canibalismo, têm perguntado por que devoram seus irmãos. Ao que os chefes respondem que os peixes devoram os peixes, que os cães devoram os homens, que os homens comem os cães, e que os cães se devoram uns aos outros. Até na sua teogonia, a lenda diz que um deus comeu outro deus. Com tais precedentes, como resistir ao prazer de comer o seu semelhante?

Demais, os zelandeses acham que devorando um inimigo morto, se lhe destrói a parte espiritual. Herdam-lhe assim a alma, a força, o valor, que se encerram principalmente no cérebro. É por isso que esta porção do indivíduo figura nos festins como prato de honra e de primeira ordem.

Contudo Paganel sustentou, e com razão, que é a sensualidade principalmente que excita os zelandeses à antropofagia, e não só os selvagens da Oceania, mas os selvagens da Europa.

— Sim — acrescentou ele, — o canibalismo reinou por muito tempo entre os antepassados dos povos mais civilizados, e, não tomem isto como referência pessoal, entre os escoceses principalmente.

— É verdade? — perguntou o major.

— Sim, major — respondeu Paganel. — Quando ler certos trechos de S. Jerônimo a respeito dos Atticoli da Escócia, verá que opinião deve fazer de seus antepassados. E, sem remontar além dos tempos históricos, mesmo no reinado de Isabel, na época de Shakespeare, Sawney Bean, bandido escocês, foi executado por crime de canibalismo. E que sentimento o levara a comer carne humana? A religião? Não, a fome.

— A fome? — perguntou Mangles.

— A fome — replicou Paganel, — e principalmente a necessidade que experimenta o carnívoro de refazer a sua carne e o seu sangue pelo azoto contido nas matérias animais. Deve-se promover a atividade dos pulmões por meio de plantas tuberosas e feculentas, mas quem quer ser forte e enérgico tem de absorver os alimentos plásticos que reparam os músculos. Enquanto os maoris não se filiarem na sociedade dos legumistas, hão de comer carne, e carne por carne, antes seja humana.

— Porque não carne de animal? — disse Glenarvan.

— Porque não têm animais — respondeu Paganel, — e é preciso saber isso, não para desculpar, mas para explicar os seus costumes de canibais. Neste país inóspito, os quadrúpedes e até os pássaros são raros. Por esta razão, em todos os tempos os maoris se têm sustentado de carne humana. Há até estações próprias para devorar homens, como nos países civilizados há estações para a caça. Começam então as grandes batidas, isto é, as grandes guerras, e populações inteiras são servidas sobre a mesa dos vencedores.

— Na sua opinião, a antropofagia só desaparecerá no dia em que pulularem carneiros, bois e porcos nas campinas da Nova Zelândia — disse Glenarvan.

— Decerto, e ainda serão precisos muitos anos para os maoris se desabituarem da carne zelandeza que eles preferem a qualquer outra, porque os filhos hão de apreciar por muito tempo aquilo que os pais apreciaram. A crer o que eles dizem, a carne humana tem o gosto da carne de porco, mas com mais fragrância. Quanto à carne do branco, não lhes provoca tanto a gulodice, porque os brancos salgam os alimentos, o que lhes dá um sabor particular e pouco apaixonado dos gulosos.

— São esquisitos! — disse o major. — Mas a carne, tanto do branco como a do preto, comem-na crua ou cozida?

— Ora, que diferença faz, senhor Mac-Nabs? — exclamou Robert.

— Pois, meu rapaz — respondeu o major com seriedade, — se tenho de acabar nos dentes de um antropófago, quero antes ir cozido!

— Para que?

— Para não ser devorado vivo!

— Prefere ser cozido vivo? — replicou Paganel.

— Verdade, verdade, não há muita escolha — ponderou o major.

— Em todo o caso, Mac-Nabs, fique sabendo, se isto lhe agrada — disse Paganel, — que os zelandeses só comem carne cozida ou defumada. São pessoas que entendem de cozinha. Mas, pela parte que me toca, a idéia de ser comido é que particularmente me desagrada. Acabar a existência no estômago de um selvagem!...

— Em suma, — observou Mangles, — concluímos que não se lhes deve cair nas mãos. Esperemos que um dia o cristianismo consiga abolir tão monstruosos costumes.

— Sim, devemos ter essa esperança — replicou Paganel; — mas, acreditem-me, um selvagem que uma vez provou carne humana, dificilmente a renunciará. Avaliem pelos dois fatos que vou contar. O primeiro vem referido nas crônicas da sociedade dos jesuítas do Brasil. Um missionário português encontrou um dia uma velha brasileira muito doente. Poucos dias lhe restavam de vida. O jesuíta instruiu-a nas verdades do cristianismo, que a moribunda admitiu sem discussão. Depois do sustento da alma, pensou no sustento do corpo, e ofereceu à penitente algumas gulodices européias, "Ai! exclamou a velha, o meu estômago não pode suportar espécie alguma de alimento. Só uma coisa me apetecia, mas por desgraça ninguém aqui me pôde alcançar. — O que é? perguntou o jesuíta. — Ah! meu filho! era a mãozinha de uma criança! Parece-me que lhe chuparia os ossinhos com prazer!"

— Ora essa! Então é bom? — perguntou Robert.

— A minha segunda história vai responder a isso — redargüiu Paganel. — Um dia, um missionário censurava a um canibal o costume horrível e contrário às leis divinas de comer carne humana. "E depois deve ser mau, acrescentou ele. — Ah! meu pai, retorquiu o selvagem, lançando para o missionário um olhar de cobiça, diz que Deus o proíbe, mas não que seja mau se provasse!..."

7

EM QUE ABORDAM À TERRA DA QUAL DEVERIAM FUGIR

Os fatos narrados por Paganel eram indiscutíveis, e não podia ser posta em dúvida a crueldade dos zelandeses. Havia perigo em ir à terra, mas o perigo era cem vezes maior se permanecessem. Mangles sabia da necessidade de deixarem o brigue, fadado à destruição próxima. Entre o certo e o incerto, não havia hesitação.

Quanto à probabilidade de serem recolhidos por outro navio, era melhor nem contar com ela. O *Macquarie* não se achava na rota dos navios que procuravam os ancoradouros da Nova Zelândia. O encalhe se dera numa costa perigosa, povoada por indivíduos terríveis. Os navios procuravam evitá-la, e se o vento os impelia para ali, alguma vez, afastavam-se o mais rapidamente possível.

— Quando partiremos? — perguntou Glenarvan.

— Amanhã às dez horas — Mangles. — A maré começará a subir e irá nos levar para terra.

No dia seguinte, 5 de fevereiro, às oito horas, a construção da jangada estava concluída. John tinha empregado todo o cuidado e atenção na construção do aparelho. A gávea de traquete, que servira para lançar a âncora, não bastava para o transporte das pessoas e dos víveres. Tornava-se necessário um veículo sólido, susceptível de ser dirigido, e capaz de resistir ao mar durante uma navegação de quinze quilômetros. Só a mastreação poderia fornecer os materiais necessários para a sua construção.

Wilson e Mulrady haviam posto mãos à obra. A cordoalha foi cortada pela altura das encapeladuras e a golpes de machado, o mastro grande, atacado pelo pé, galgou as trincheiras de estibordo que gemeram quando ele caiu. O *Macquarie* ficou raso como um pontão.

O mastro real, os mastaréus de gávea e de joanete foram serrados e separados. As principais peças da jangada já flutuavam. Juntaram-nas aos pedaços do mastro de traquete, e tudo foi ligado com solidez. Mangles colocou nos interstícios, por precaução, meia dúzia de barricas vazias que deviam elevar a jangada acima da água.

Sobre esta base fortemente construída, Wilson estabeleceu uma espécie de sobrado em forma de grade. As vagas podiam por isso desfazer-se sobre o aparelho sem que a água ficasse represada, e os passageiros deviam estar livres de umidade.

Naquela manhã John, vendo o vento favorável, fez instalar no centro do aparelho a verga do joanete pequeno em guisa de mastro. Espiou-a com ovéns e içou um redondo. Um grande remo de pá muito larga, colocado à popa, permitia governar o aparelho, se o vento lhe imprimisse velocidade suficiente.

Tal como era, a jangada podia resistir ao embate da vaga. Mas seria possível dar-lhe direção, chegaria à terra se o vento mudasse? Estas eram as dúvidas.

Primeiro embarcaram-se víveres em quantidade suficiente para chegarem até Auckland, porque não se podia contar com as produções daquela terra ingrata.

A despensa particular de Olbinett forneceu algumas carnes de conserva, — o que restava das provisões compradas para a viagem do *Macquarie*. Foi preciso lançarem mão dos víveres grosseiros de bordo, da bolacha de medíocre qualidade e de duas barricas de peixe salgado.

Todas estas provisões foram encerradas em caixas hermeticamente fechadas, impenetráveis à água do mar. Estas caixas foram colocadas na jangada e amarradas por meio de sólidas talhas ao pé do mastro. Puseram-se em lugar seco e seguro as armas e as munições. Por sorte, os viajantes estavam bem armados de carabinas e de revólveres.

Colocaram a bordo da jangada um ancorote para o caso em que John, não podendo alcançar a terra no espaço de uma maré, fosse obrigado a ancorar no mar largo.

Às dez horas começou a sentir-se o preamar. A brisa soprava de noroeste com pouca força.

— Estamos prontos? — perguntou Mangles.

— Está tudo em ordem, capitão — respondeu Wilson.

— Embarcar! — gritou John.

Lady Helena e Mary Grant desceram por uma grosseira escada de corda e sentaram-se ao pé do mastro nas caixas do víveres, e junto delas os seus companheiros. John lançou mão das escotas e Mulrady picou a amarra que prendia a jangada ao brigue.

Largaram a vela, e a jangada começou a dirigir-se para terra, ajudada por maré e vento.

A costa ficava a quinze quilômetros, distância medíocre que uma lancha armada de bons remos podia percorrer em três horas. Mas com a jangada era preciso dar desconto. Conservando-se o vento favorável, podiam chegar a terra no espaço de uma maré; mas, amainando o vento, o jusante levá-los-ia consigo e seria necessário lançarem ferro para esperar a maré seguinte. Isto não deixava de preocupar John Mangles.

Entretanto, esperava sair-se bem. O vento refrescou. O preamar começara às dez horas, e às três deviam tocar em terra sob pena de serem arrastados para o largo pelo baixa-mar.

A viagem começou bem. Pouco a pouco as cabeças negras dos recifes e o tapete amarelado que revestia os bancos foram desaparecendo por efeito das ondulações do preamar e do cavado da vaga. Tornaram-se necessárias profunda atenção e habilidade para evitar os escolhos submergidos e dirigir um aparelho pouco sensível ao leme e fácil nos desvios. Às nove horas começou o carregamento.

Ao meio-dia a jangada ainda estava a oito quilômetros da costa. A atmosfera límpida, permitia distinguir os principais acidentes do terreno. Ao norte erguia-se um monte de mil metros de altura. Recortava-se no horizonte com estranho aspecto, e o seu contorno reproduzia o grotesco perfil de uma cabeça de macaco deitada para trás. Era o monte Pirongia, exatamente situado, segundo a carta, no paralelo trinta e oito.

Meia hora depois do meio-dia, Paganel notou que todos os escolhos haviam desaparecido com o preamar.

— Menos um — replicou lady Helena, indicando um ponto negro a meio quilômetro à frente.

— É verdade — respondeu Paganel. Vamos determinar a sua posição a fim de não batermos nele, porque não tardará que a maré o cubra.

— Fica justamente na direção da aresta norte da montanha — disse Mangles.— Wilson, tome cuidado para que passemos ao largo.

Em meia hora fizeram meio quilômetro. Mas, coisa singular, o ponto negro continuava a emergir das ondas.

John olhava atentamente, e até pediu o óculo a Paganel.

— Não é um recife — disse depois de um momento, — é um objeto que sobre e desce com a vaga.

— Não será um pedaço da mastreação do *Macquarie?* — perguntou lady Helena.

— Não — respondeu Glenarvan, — nenhum pedaço podia ter derivado para tão longe do navio.

— Esperem! — exclamou Mangles. — É a canoa.

— A canoa do brigue? — perguntou lorde Glenarvan.

— Sim, milorde. A canoa do brigue!

— Os infelizes morreram! — exclamou lady Helena.

— Sim, senhora — disse Mangles, — não podiam deixar de perecer, porque, no meio destes escolhos, sobre um mar agitado, numa noite tão escura, corriam para a morte certa.

— Que o céu tenha piedade deles! — murmurou Mary.

Por instantes os passageiros ficaram silenciosos. Contemplavam a frágil embarcação de que se iam aproximando. Não havia dúvida de que virara a quatro quilômetros da terra, e entre todos os que a tripulavam, nenhum por certo se salvara.

— Mas este barco pode nos servir — disse Glenarvan.

— Certamente! — replicou Mangles.

A direção da jangada mudou e Mulrady, colocado à proa, aparou o choque. O bote virado veio encostar-se na jangada.

— Está vazio? — perguntou Mangles.

— Sim, capitão, respondeu o marinheiro. — Mas as costuras estão desconjuntadas. Não irá nos servir.

— Não presta para nada? — perguntou Mac-Nabs.

— Para nada — replicou Mangles. — É boa para queimar.

— Pena — disse Paganel, — porque poderia nos conduzir a Auckland.

— Devemos resignar-nos, senhor Paganel — retorquiu Mangles. — Demais, sobre um mar tão picado, prefiro a jangada a esta frágil embarcação. Bastou um choque para fazê-la em pedaços! Não temos pois mais nada a fazer aqui. A caminho, Wilson, e direto à costa.

A maré devia continuar a subir durante uma hora. Puderam percorrer uma distância de três quilômetros. Mas então o vento amainou de todo, e pareceu querer rondar para terra. A jangada ficou imóvel. Não tardou até que principiasse a descair para o largo, impelida pelo baixa-mar.

— Largar ferro — disse John, que não podia hesitar.

Mulrady, preparado para esta ordem, deixou cair a âncora. A jangada recuou um pouco, puxada pela amarra esticada. Caçada a vela, tomaram-se as disposições para a parada.

A maré não devia vazar antes das nove da noite, e como Mangles não queria navegar durante a noite, estaria fundeado até às cinco da manhã. Avistava-se a terra, bem próxima.

O mar estava grosso, e as ondas, com um movimento contínuo, pareciam correr na direção da terra. Quando Glenarvan soube que passariam a noite ali, perguntou ao capitão por que não aproveitava aquelas ondulações da vaga para se aproximar da costa.

— O senhor — respondeu Mangles, — é vítima de uma ilusão de ótica. Apesar de parecer que anda, a vaga está parada. É apenas um balanço de moléculas líquidas, nada mais. Atire um pedaço de madeira na água e verá que fica estacionado enquanto a baixa-mar não se fizer sentir. Só resta enchermo-nos de paciência.

— E tratarmos de jantar — acrescentou o major.

Olbinett tirou de uma caixa de víveres alguns pedaços de carne-seca de uma dúzia de bolachas. O despenseiro estava envergonhado de oferecer aos amos tão parca refeição. Assim mesmo foi aceita com boa vontade até pelas viajantes, a quem aliás os movimentos sacudidos do mar não despertavam o apetite.

Aproximava-se a noite. Ampliado pela refração e cor de sangue, o disco do sol ia desaparecer no horizonte. As últimas linhas de água resplandeciam no ocidente e cintilavam como lençóis de prata líquida. Deste lado tudo era céu e água, salvo um ponto nitidamente delineado, o casco do *Macquarie*, imóvel no recife.

O rápido crepúsculo demorou apenas alguns minutos, e dentro em pouco a terra, que limitava o horizonte à leste e ao norte, desapareceu na escuridão da noite.

Angustiosa situação a destes náufragos, numa estreita jangada, imersos nas trevas! Uns caíram em modorra inquieta e propícia a sonhos maus, outros não puderam dormir uma hora. Ao romper do dia estavam prostrados pelas fadigas da noite.

Com o preamar rondou o vento para o largo. Eram seis horas da manhã. O tempo urgia. John tomou as suas disposições para se dirigir para terra. Mandou levantar ferro. Porém, a âncora estava profundamente cravada na areia. Sem bolinete e só com as talhas que Wilson colocara, tornou-se impossível arrancá-la.

Passou-se meia hora em inúteis tentativas; John, impaciente, mandou cortar a amarra, abandonando a âncora e perdendo assim a possibilidade de largar ferro num caso urgente, se a maré não permitisse alcançar a costa.

Largaram a vela. Derivaram lentamente para a terra que se esfumava em massas pardacentas sobre o fundo do céu iluminado pelo sol nascente. Mangles evitou com toda a habilidade os recifes. Mas, sob a ação do vento que soprava irregularmente do largo, o aparelho não parecia aproximar-se de terra. Quantas dificuldades para abordar aquela Nova Zelândia que tão perigosa era!

Entretanto, às nove horas a terra estava a menos de um quilômetro. Era eriçada de escolhos e muito escarpada. Tinham de procurar um ancoradouro. O vento foi abatendo pouco a pouco até que amainou de todo. A vela, inerte, batia no mastro e castigava-o. John mandou-a ferrar. Só as vagas levavam a jangada para a costa, e tiveram de renunciar a governá-la.

Pelas três horas John viu-se quase estacionário, muito próximo da terra. Não tinha como ancorar. Seria mais uma vez arrastado para o mar largo pelo baixa-mar? O jovem capitão, com as mãos crispadas, o coração dilacerado pela inquietação, olhava feroz para aquela terra impossível de abordar.

Felizmente, — felizmente daquela vez, — sentiu-se um choque. A jangada parou. Acabara de encalhar no mar alto, num banco de areia, a poucos metros da costa.

Glenarvan, Wilson, Robert e Mulrady lançaram-se a água. Seguraram solidamente a jangada aos escolhos por meio de amarras. As viajantes, transportadas no colo dos passageiros, chegaram a terra sem molhar uma só prega dos vestidos, e dali a pouco todos os náufragos, com armas e mantimentos, punham definitivamente pé naquelas temíveis costas da Nova Zelândia.

As viajantes, transportadas no colo, chegaram a terra sem molhar uma só prega dos vestidos.

8
O Presente do País Em Que Se Acham

O desejo de Glenarvan era seguir pela costa, sem demora, na direção de Auckland. Mas pela manhã o céu se carregara de nuvens, e às onze horas, caiu copiosa chuva. Daí a necessidade de procurarem um abrigo.

Wilson descobriu uma gruta cavada pelo mar nas rochas basálticas da praia. Os viajantes refugiaram-se ali com armas e provisões. Na gruta haviam várias algas, arremessadas pelas ondas naquele local. Era uma cama formada pela natureza, com a qual se contentaram. À entrada da gruta, os viajantes empilharam pedaços de lenha, e fizeram uma fogueira, na qual se enxugaram o melhor que puderam.

John esperava que aquela tempestade não fosse violenta. Mas não sucedeu assim. Decorreram horas sem que nada se alterasse. Tal contratempo era para impacientar o mais paciente dos homens. Seria loucura enfrentar tamanho aguaceiro desprotegidos. Depois, bastavam alguns dias para chegarem a Auckland, e se os indígenas não aparecessem, não era um atraso de algumas horas que iria prejudicar a expedição.

Durante esta parada forçada, a conversa caiu sobre os incidentes da guerra na Nova Zelândia. Mas, para compreender e avaliar a gravidade das circunstâncias no meio das quais se achavam os náufragos do *Macquarie*, é preciso conhecer a história da luta que ensangüentava a ilha de Ika-Na-Mawi.

Desde a chegada de Abel Tasman ao estreito de Cook, em 16 de dezembro de 1642, os zelandeses, visitados muitas vezes por navios europeus, tinham-se conservado livres nas suas ilhas independentes. Nenhuma potência européia pensava em apoderar-se daquele arquipélago que domina os mares do Pacífico. Só os missionários estabelecidos em diversos pontos levavam àquelas regiões os benefícios da civilização cristã. Dentre eles alguns, principalmente os anglicanos, preparavam os chefes zelandeses para se curvarem ao jugo da Inglaterra. Habilmente iludidos, os chefes assinaram uma carta dirigida à rainha Vitória pedindo-lhe a sua proteção. Mas os mais previdentes conheciam a loucura de uma tal resolução, e um deles, depois de ter aplicado na carta a imagem da pintura que lhe pintava o corpo, fez ouvir estas proféticas palavras: "Perdemos o nosso país; de hoje em diante já deixa de nos pertencer; não tardará que o estrangeiro venha apoderar-se dele e ficaremos seus escravos."

Efetivamente, no dia 29 de janeiro de 1840, a corveta *Herald* chegava à baía das Ilhas, que ficava ao norte de Ika-Na-Mawi. O capitão do navio, Hobson, foi desembarcar na aldeia de Korora-Reka. Os habitantes foram convidados para se reunir em assembléia geral na igreja protestante. Fez-se ali a leitura dos poderes que o capitão Hobson levava da rainha de Inglaterra.

No dia 5 de fevereiro, os principais chefes da Nova Zelândia foram chamados à residência do representante inglês. O capitão Hobson procurou alcançar a sua submissão, dizendo que a rainha enviara tropas e navios para os proteger; que os seus direitos ficavam garantidos, que a sua liberdade seria mantida. Contudo, as suas propriedades pertenceriam à rainha Vitória, a quem eram obrigados a vendê-las.

Achando a proteção muito cara, a maioria dos chefes recusou-a. Mas os presentes e as promessas tiveram mais poder sobre aquelas índoles selvagens do que as palavras pomposas do capitão Hobson, e o ato de posse foi confirmado.

Daquele ano de 1840 até ao dia em que o *Duncan* deixou o golfo de Clyde, que se passou? Nada que Paganel não soubesse, e de que não estivesse pronto a informar os companheiros.

— Senhora — respondeu Paganel, — os zelandeses constituem uma população corajosa, que depois de ter cedido um momento, resiste palmo a palmo às invasões da Inglaterra. As tribos dos maoris são organizadas como os antigos clãs da Escócia. São outras tantas famílias que reconhecem um único chefe. Os homens desta raça são altivos e valentes, uns altos, de cabelos compridos, semelhantes aos malteses ou aos judeus de Bagdá, de raça superior, outros mais baixos, membrudos, parecidos aos mulatos, mas todos robustos, altivos e guerreiros. Tiveram um chefe célebre, chamado Hiji. Não se admirem, pois, se a guerra com os ingleses se eternizar no território de Ika-Na-Mawi, porque se acha ali a famosa tribo dos Waikatos, que William Thompson comanda e dirige na defesa do solo.

— Mas — perguntou Mangles, — os ingleses não são senhores dos principais pontos da Nova Zelândia?

— Decerto, meu caro — respondeu Paganel. — Depois do ato de posse por parte do capitão Hobson, que passou a ser governador da ilha, fundaram-se quase nove colônias desde 1840 até 1862, nas mais antigas posições. Estas nove colônias transformaram-se em nove províncias, quatro na ilha do norte, as províncias de Auckland, de Taranaki, de Wellington e de Hawkes-Bay; cinco na ilha do sul, as províncias de Nelson, de Malborough, de Canterbury, de Otago e de Southland, que no dia 30 de junho de 1864 contavam uma população de cento e oitenta mil trezentos e quarenta e seis habitantes. Por toda a parte se levantaram cidades importantes e comerciais. Quando chegarmos a Auckland terão de admirar sem reserva a situação da nova Corinto do sul, dominando o seu estreito istmo lançado como uma ponte sobre o Oceano Pacífico e que já conta doze mil habitantes. Ao ocidente Nova Plymouth, ao oriente Ahuhiri, ao sul Wellington, são já hoje cidades florescentes e freqüentadas. Na ilha de Tawai-Punamu ver-se-iam embaraçados para escolher entre Nelson, a Montpellier dos antípodas, o jardim da Nova Zelândia. Picton no estreito de Cook, Christchurch, Invercargill e Dunedin, na opulenta província de Otago, onde afluem de todo o mundo os exploradores de ouro. E notem que não são um simples agrupamento de cabanas, uma aglomeração de famílias selvagens, mas verdadeiras cidades, com portos, catedrais, bancos, docas, jardins botânicos, museus de história natural, sociedades de aclimação, jornais, hospitais, estabelecimentos de beneficência, institutos filosóficos, clubes, sociedades corais, teatros e palácios de exposição universal, nem mais nem menos que em Londres ou em Paris! E se a memória me não falha, é em 1865, neste ano em que estamos, e talvez no mesmo momento em que lhes falo, que os produtos industriais de todo o globo são expostos num país de antropófagos!

— O que! Apesar da guerra com os indígenas? — perguntou lady Helena.

— Os ingleses, senhora, não se preocupam muito com uma guerra! — replicou Paganel. — Batem-se e fazem exposições ao mesmo tempo. Não é coisa que os incomode. Sob a pontaria das espingardas zelandesas vão construindo caminhos de ferro. Na província de Auckland a linha de Drury e a de Mere-Mere cortam os principais pontos ocupados pelos revoltosos. Estou em apostar que os trabalhadores fazem fogo do alto das locomotivas.

— Como anda essa guerra? — perguntou Mangles.

— Há seis meses que deixamos a Europa — respondeu Paganel, — não posso saber o que se tem passado depois da nossa partida, salvo apenas alguns fatos que li nos jornais por ocasião da nossa passagem através da Austrália. Nesse tempo batiam-se encarniçadamente na ilha de Ika-na-Mawi.

— E em que época começou a guerra? — perguntou Mary.

— Quer dizer em que época "recomeçou", minha querida — replicou Paganel, — porque foi em 1845 a primeira insurreição. Em fins de 1863 começou a segunda; mas havia já muito tempo que os maoris se preparavam para sacudir o jugo do domínio inglês. O partido nacional dos indígenas fazia uma propaganda ativa para promover a eleição de um chefe maori. Queria fazer do velho Potató um rei, e da sua aldeia, situada entre os rios Waikato e Waipa, capital do novo reino. Potató não passava de um velho mais astucioso que valente, mas tinha um primeiro ministro inteligente e enérgico, um descendente da tribo dos Ngatihahuas que habitavam o istmo de Auckland antes da ocupação estrangeira. Este ministro, chamado William Thompson, tornou-se a alma da guerra da independência. Organizou habilmente as tropas maoris. Sob a sua inspiração, um chefe de Taranaki reuniu num mesmo pensamento as tribos desunidas; outro chefe do Waikato formou a associação da "land league", verdadeira liga do bem público, destinada a impedir que os indígenas vendessem as terras ao governo inglês; como nos países civilizados, houve banquetes que preludiavam uma revolução. Os jornais britânicos começaram a apontar estes sintomas assustadores, e o governo inquietou-se seriamente com os manejos da "land league". Numa palavra, os espíritos estavam sobreexcitados e a mina quase a rebentar. Só faltava a faísca, ou antes o choque de dois interesses para a produzir.

— E o choque?... — perguntou Glenarvan.

— Deu-se em 1860 — respondeu Paganel, — na província de Taranaki, na costa sudoeste de Ika-Na-Mawi. Um indígena possuía na vizinhança de New-Plymouth seiscentas jeiras de terra. Vendeu-as ao governo inglês. Mas quando os medidores se apresentaram para medir o terreno vendido, o chefe Kingi protestou, e no mês de março construiu sobre as seiscentas jeiras em litígio um campo defendido por altas paliçadas. Alguns meses depois, o coronel Gold tomou o campo de assalto; foi naquele dia que se deu o primeiro tiro da guerra nacional.

— Os maoris são numerosos? — perguntou Mangles.

— A população maori tem sido muito reduzida de um século para cá — respondeu o geógrafo. — Em 1769, Cook avaliava-a em quatrocentos mil habitantes. Em 1845, o recenseamento do protetorado indígena contou então cento e nove mil. As carnificinas civilizadoras, as doenças e a aguardente tem-na dizimado; nas duas ilhas ainda restam noventa mil naturais, dos quais trinta mil são guerreiros que, por muito tempo, hão de enfrentar as tropas européias.

— A revolta tem tido sucesso? — perguntou lady Helena.

— Sim, e os próprios ingleses muitas vezes se têm admirado da coragem dos zelandeses. Os indígenas fazem guerrilha, sustentam escaramuças, caem sobre os pequenos destacamentos, roubam as propriedades dos colonos. O general Cameron não se sentia muito bem nestas campanhas em que era preciso bater todas as moitas. Após uma luta prolongada e mortífera, os maoris ocupavam uma grande posição fortificada no alto Waikato, no extremo de uma cordilheira formada de colinas escarpadas e coberta por três linhas de defesa. Apareceram profetas chamando toda a população maori à defesa do solo pátrio e prometendo o extermínio dos "paketa", quer dizer, dos brancos. Três mil homens se preparavam para a luta debaixo das ordens do general Cameron e não davam quartel aos maoris desde o assassinato do capitão Sprent. Houve batalhas sanguinolentas. Algumas duraram doze horas, sem que os maoris cedessem diante da artilharia européia. Era a tribo feroz dos Waikatos, debaixo das ordens de William Thompson, que constituía o núcleo do exército independente. Este general indígena teve a princípio dois mil e quinhentos guerreiros sob as suas ordens e depois oito mil. Os vassalos de Shongi e de Heki, temíveis chefes, auxiliaram-no. Nesta guerra santa, as mulheres tiveram parte importante. Mas nem sempre o direito tem por auxílio eficaz as armas. Após terríveis combates, o general Cameron conseguiu submeter o distrito de Waikato, distrito vazio e despovoado, porque os maoris fugiram-lhe por todos os lados. Houve admiráveis feitos de armas. Quatrocentos maoris, encerrados na fortaleza de Orakan, cercados por mil ingleses sob as ordens do brigadeiro general Carey, sem víveres, sem água, recusaram render-se. Afinal, em pleno dia, abriram caminho através do 40º regimento dizimado e salvaram-se nos pântanos.

— Mas a submissão do distrito de Waikato — perguntou Mangles, — pôs termo a tão sangrenta guerra?

— Não, meu amigo — respondeu Paganel. — Os ingleses resolveram marchar sobre a província de Taranaki e cercar Mataitawa, a fortaleza de William Thompson. Mas não puderam apossar-se dela sem perdas importantes. Quando saí de Paris, soube que o governador e o general acabavam de aceitar a submissão das tribos Taranga, e que lhes deixavam as três quartas partes das terras. Dizia-se também que o chefe principal da rebelião, William Thompson, tencionava render-se; mas os jornais australianos não confirmaram a notícia e deram informações bem diversas. É provável que neste momento a resistência se organize com maior vigor.

— Esta luta de que nos fala, tem por teatro as províncias de Taranaki e de Auckland? Esta província a que nos arremessou o naufrágio do *Macquarie?* — perguntou Glenarvan

— Precisamente. Desembarcamos alguns quilômetros acima do porto Kawhia, onde ainda deve flutuar o pavilhão nacional dos maoris.

— Então será prudente irmos para o norte — disse Glenarvan.

— Efetivamente — replicou Paganel. — Os zelandeses estão desesperados contra os europeus, e principalmente contra os ingleses. Evitemos, portanto, cair-lhes nas mãos.

— Talvez encontremos algum destacamento de tropas européias — disse lady Helena. — Seria uma sorte.

— Talvez, senhora — replicou o geógrafo, — mas não o espero. Não é fácil que destacamentos isolados batam o campo. Não conto com uma escolta de soldados do 40° regimento. Mas, na costa ocidental que vamos percorrer, acham-se estabelecidas algumas missões, e podemos muito bem fazer escala por elas até Auckland. Lembro-me até de tomar o caminho percorrido pelo sr. de Hochstetter, seguindo a corrente do Waikato.

— Era um viajante, senhor Paganel? — perguntou Robert.

— Sim, meu rapaz, membro da comissão científica embarcada na fragata austríaca *Novara* por ocasião da viagem de circunavegação empreendida por este navio em 1858.

— Senhor Paganel, — tornou a perguntar Robert, cujo olhar se animava ao falar das grandes expedições geográficas, — a Nova Zelândia tem sido visitada por viajantes célebres como Burke e Stuart que visitaram a Austrália?

— Por alguns, meu filho, tais como o doutor Hooker, o professor Brizard, os naturalistas Dieffenbach e Júlio Haast; mas, embora muitos deles tenham pago com a vida a sua paixão aventureira, são menos célebres que os viajantes australianos ou africanos...

— E conhece a sua história? — perguntou o jovem Grant.

— Certamente, rapaz. E vou contar a você tudo o que sei.

— E nós todos o escutaremos — replicou lady Helena.

— Não é a primeira vez que o mau tempo nos obriga a instruir-nos. Fale para todos, senhor Paganel.

— Às suas ordens, senhora, — respondeu o geógrafo, — mas não será longa a narração. A Nova Zelândia é país pouco extenso para que se possa defender das investigações do homem. Por isso os meus heróis não são viajantes, mas simples turistas, vítimas dos mais prosaicos acidentes. O geômetra Witcombe e Charlton Howitt, o mesmo que encontrou o cadáver de Burke, na memorável expedição que lhes descrevi nas margens do Wimerra. Witcombe e Howitt comandavam cada um duas explorações na ilha de Tawai-Pounamou. Partiram ambos de Christchurch nos primeiros meses de 1863, a fim de descobrirem passagens diferentes através das montanhas do norte da província de Canterbury. Howitt, transpondo a cordilheira na fronteira setentrional da província, veio estabelecer o quartel general no lago Brunner. Witcombe, pelo contrário, achou no vale do Rakaia uma passagem que ia sair a leste do monte Tyndall. Witcombe levava um companheiro de viagem, Jacob Louper, que publicou depois no *Lyttleton-Times* a descrição da viagem e a catástrofe que lhe sobreveio. Se bem me lembro, a 22 de abril de 1863, achavam-se os dois exploradores no sopé de uma geleira onde nasce o Rakaia. Subiram até ao seu cume e procuraram novas passagens. No dia seguinte, Witcombe e Louper, prostrados de fadiga e de frio, acampavam sobre espessa camada de neve mil e duzentos metros acima do nível do mar. Durante sete dias vaguearam pelas montanhas, pelo fundo de vales, cujas paredes a prumo não tinham saída, umas vezes sem lume, outras sem sustento, com o açúcar transformado em xarope, a bolacha reduzida a massa úmida, com as roupas escorrendo água, devorados pelos insetos, fazendo grandes jornadas de cinco quilômetros, ou pequenas jornadas em que apenas andavam 100 metros. Afinal, a 29 de abril, encontraram uma cabana de maoris, e num prado, algumas batatas. Foi a última refeição que os dois amigos tomaram juntos. A noite chegaram a beira-mar, próximo da foz do Taramakau. Tratavam de passar para a margem direita a fim de tomarem o caminho do norte pelo rio Grey. O Taramakau era profundo e largo. Depois de gastar uma hora em pesquisas, Louper achou duas canoas muito danificadas, que reparou o melhor que pôde e amarrou uma à outra. À tarde os viajantes embarcaram. Porém, assim que se acharam no meio da corrente, as canoas se encheram de água. Witcombe lançou-se a nado e voltou para a margem esquerda. Jacob Louper, que não sabia nadar, agarrou-se à canoa. Esta circunstância salvou-o, mas não sem perigos. O desgraçado foi impelido para os escolhos. A primeira vaga fê-lo mergulhar até ao fundo. A segunda trouxe-o à superfície. As ondas lançaram-no de encontro às rochas. Sobreviera a mais sombria das noites. Caía uma chuva torrencial. Louper, com o corpo ensangüentado e inchado pela água do mar, andou muitas horas entregue ao capricho das vagas. Afinal a canoa bateu na terra firme, e o náufrago foi arremessado à praia sem sentidos. No dia seguinte, ao romper do dia, arrastou-se para uma nascente e reconheceu que a força da água o tinha levado dois quilômetros acima do lugar onde tentara a passagem. Levantou-se, seguiu ao longo da costa e achou dali a pouco o infeliz Witcombe, com o tronco enterrado no lodo. Estava morto. Louper, com as suas próprias mãos, abriu uma cova na areia e enterrou o cadáver do companheiro. Dois dias depois, morto de fome, foi recolhido por uns maoris hospitaleiros, — há alguns, — e no dia 4 de maio chegou ao lago Brunner, ao acampamento de Charlton Howitt, que dali a seis semanas havia de perecer também, como o infeliz Witcombe.

— Na verdade, — exclamou Mangles, — parece que essas catástrofes se encadeiam, que um laço fatal une os viajantes e todos pereçem quando esse laço se quebra.

— Tem razão, John, — redargüiu Paganel, — e muitas vezes tenho feito essa mesma observação. Porque lei de solidariedade sucumbiu Howitt quase nas mesmas circunstâncias em que Witcombe sucumbira? Não se pode dizer. Charlton Howitt tinha sido convidado pelo sr. Wyde, chefe dos trabalhos do governo, para traçar um caminho de cavalos desde as planícies de Hurunui até à foz do Taramakau. Partiu no dia 1º de janeiro de 1863, acompanhado de cinco homens. Desempenhou a sua missão com inteligência notável e abriu-se uma estrada de setenta quilómetros de extensão que ia terminar num ponto em que o Taramakau não dava passagem. Howitt voltou para Christchurch e, apesar do inverno se aproximar, pediu que o deixassem continuar os seus trabalhos. O sr. Wyde consentiu. Howitt tornou a partir com o fim de abastecer o seu acampamento e aí passar a estação. Foi por esta ocasião que recolheu Jacob Louper. No dia 27 de junho, Howitt e os seus dois companheiros, Robert Little e Henry Mullis, deixaram o acampamento. Atravessaram o lago Brunner. Depois nunca mais foram vistos. A sua canoa, muito frágil e muito baixa acima da linha de água, foi encontrada encalhada na praia. Procuraram-nos durante nove semanas, mas foi debalde; era evidente que aqueles desgraçados, não sabendo nadar, tinham perecido nas águas do lago.

— Mas porque é que não haviam de estar sãos e salvos em poder de alguma tribo zelandeza? — perguntou lady Helena. — Ao menos pode haver dúvidas acerca da sua morte.

— Ah! não, senhora — murmurou Paganel, em voz baixa — porque em agosto de 1865, um ano depois da catástrofe, não tinham ainda aparecido... e quando na Nova Zelândia alguém está há um ano sem aparecer, é porque se acha irremediavelmente perdido!

9
CINQÜENTA QUILÔMETROS AO NORTE

No dia 7 de fevereiro, às seis horas da manhã, Glenarvan deu o sinal de partir. Durante a noite a chuva cessara. O céu, coberto de nuvenzinhas pardacentas, ocultava os raios do sol a cinco quilômetros do solo. A temperatura moderada permitia que enfrentassem as fadigas de uma viagem diurna.

Paganel medira no mapa uma distância de cento e vinte quilômetros entre a ponta de Cahua e Auckland; era uma viagem de oito dias, a quinze quilômetros cada vinte e quatro horas. Mas, em vez de seguir as margens sinuosas do mar, pareceu-lhe conveniente alcançar, cinqüenta quilômetros acima, a confluência do Waikato e do Waipa, na aldeia de Ngarnavahia. Ali passa o "overland mail track", estrada, para não dizer atalho, para as carruagens e que atravessa grande porção da ilha desde Napier, na baía Hawkes, até Auckland. Seria fácil então encaminhar-se para Drury e aí repousar num excelente hotel que o naturalista Hochstetter muito particularmente recomenda.

Os viajantes, munidos cada qual da sua porção de víveres, começaram a costear as margens da baía Aotea. Por prudência, não se afastavam uns dos outros, e por instinto, com as carabinas carregadas, não perdiam de vista as planícies acidentadas de leste. Paganel, com o seu excelente mapa na mão, gozava um prazer de artista em verificar a exatidão das suas pequenas indicações.

Parte do dia, a pequena caravana caminhou sobre uma areia composta de fragmentos de conchas bivalves, misturada com grande porção de peróxido e de protóxido de ferro. Um imã que se aproximasse do solo, ficaria coberto de cristais brilhantes.

Na praia brincavam alguns animais marinhos, que não se deram ao incômodo de fugir. As focas, com a cabeça arredondada, a fronte espaçosa e recurva, os olhos expressivos, apresentavam uma fisionomia meiga e até afetuosa. Compreendia-se por que razão a fábula, poetizando a seu modo estes curiosos habitantes das águas, os transformara em sereias encantadoras, embora a sua voz não passasse de um desarmônico grunhido. As focas, que abundam bastante nas costas de Zelândia, são objeto de comércio muito ativo. Pescam-nas por causa do azeite e da pele.

Entre elas notavam-se três ou quatro elefantes marinhos, de cor pardo-azulada e do comprimento de sete a oito metros. Os enormes anfíbios, preguiçosamente estendidos sobre espessas camas de laminárias gigantescas, levantavam a tromba erétil e agitavam de modo engraçado as ásperas sedas dos bigodes compridos e retorcidos, verdadeiros saca-rolhas frisados. Robert divertia-se a contemplar aqueles interessantes grupos, quando exclamou, surpreso:

— Olhem, as focas comem calhaus!

De fato, muitos daqueles animais engoliam seixos da praia com gulosa avidez.

— Ora essa! — replicou Paganel. — Não se pode negar que esses animais pastem pedras do mar.

— Alimento esquisito, e de difícil digestão! — disse Robert.

— Não é para se alimentarem que esses animais engolem pedras, meu rapaz, mas para meterem lastro. É um meio de aumentarem o seu peso específico e de irem facilmente ao fundo do mar. Quando voltam para terra jogam fora estas pedras sem mais cerimônia. Você vai ver quando elas mergulharem.

Com efeito, não tardou que meia dúzia de focas, com lastro suficiente, se arrastassem pesadamente pela praia e desaparecessem no mar. Glenarvan não podia, porém, perder tempo esperando que voltassem, para observar a operação de jogarem fora o lastro, e para pesar de Paganel, recomeçou-se a interrompida marcha.

Às dez horas pararam para comer, junto das grandes rochas basálticas dispostas à beira-mar. Um banco de ostras ofereceu grande quantidade de moluscos, pequenos e de gosto pouco agradável. Paganel sugeriu que o sr. Olbinett as cozinhasse sobre brasas, e assim preparadas, serviram de base para a refeição.

Acabado o descanso, continuaram pelas margens da baía. Sobre os rochedos denteados, refugiavam-se imensos bandos de aves marinhas, fragatas, andorinhas e grandes albatrozes. Tinham percorrido, em quatro horas, dezesseis quilômetros, sem muito esforço ou cansaço. As viajantes pediram para continuar a caminhada até a noite. Tiveram então que modificar a direção em que iam; seria preciso contornar a base de algumas montanhas, para meterem-se pelo vale do Waipa.

Ao longe, o solo tinha o aspecto de imensos campos que se estendiam a perder de vista, prometendo um passeio agradável. Mas, ao chegarem à borda das campinas, os viajantes sofreram uma desilusão. A pastagem era substituída por um matagal coberto de flores brancas, e entremeados pelos altos e numerosos fetos que abundam nos terrenos da Nova Zelândia. Era preciso abrir caminho através dos troncos espinhosos, o que deu muito trabalho. Contudo, às oito da noite, tinham contornado os primeiros morros de Hakarihoata-Ranges, e organizaram o acampamento.

Depois de uma jornada de mais de vinte quilômetros, era natural pensar no descanso. Não havia carroças ou barracas, e então todos se prepararam para dormir junto de magníficos pinheiros de Norfolk.

Glenarvan tomou precauções rigorosas para a noite. Ele e seus companheiros, bem armados, velaram em turnos de dois até o romper do dia. Não acenderam fogueiras, que poderiam servir para atrair os perigosos indígenas.

A noite correu bem, a não ser o incômodo causado pelas moscas de areia, chamadas de "ngamu" em língua indígena, e cuja picada é desagradável.

No dia seguinte, 8 de fevereiro, Paganel acordou confiante e quase reconciliado com o país. Os maoris, seu maior receio, não tinham aparecido, nem sequer em sonhos. Ele tratou de manifestar a Glenarvan sua satisfação diante de semelhante fato.

— Acho que nosso pequeno passeio acabará sem dificuldades. Esta tarde chegaremos à confluência do Waipa e do Waikato, e para além deste ponto, é difícil acontecer um encontro com os indígenas na estrada de Auckland.

— A que distância estamos da confluência do Waipa e do Waikato? — perguntou Glenarvan.

— Uns vinte quilômetros, quase o mesmo caminho que fizemos ontem.

— Mas se esta mata continuar a dificultar nossa passagem, iremos nos atrasar.

— Nas margens do Waipa, por onde seguiremos, o caminho é suave — replicou Paganel.

Partiram então, e durante as primeiras horas do dia, o cerrado matagal retardou a marcha. Por onde os viajantes passavam, nem carroça nem cavalos poderiam passar. Os fetos, cujas espécies são inúmeras, concorrem com a mesma obstinação que os maoris para a defesa do solo nacional.

A pequena caravana teve inúmeras dificuldades para atravessas as planícies onde estão as colinas de Hakarihoata. Contudo, antes do meio-dia chegaram às margens do Waipa, e subiram sem custo para o norte, pela beira do rio.

Era um vale formoso, sulcado de pequenos regatos, cujas águas frescas e límpidas deslizavam festivamente sob os arbustos que os orlavam. Segundo o botânico Hooker, a Nova Zelândia apresenta duas mil espécies de vegetais, das quais quinhentas lhes pertencem exclusivamente. As flores são raras, pobres em colorido, há quase falta absoluta de plantas anuais, abundando as gramíneas.

Em vários pontos e acima dos primeiros planos da verdura sombria, erguiam-se algumas árvores de flores escarlates, pinheiros de Norfolk, tuias com os ramos comprimidos verticalmente, e uma espécie de cipreste, o "rimu", de aspecto não menos triste que o seus congêneres europeus; todos estes troncos eram invadidos por numerosas variedades de fetos.

Entre os ramos das grandes árvores, sobre a folhagem dos arbustos, adejavam e palravam algumas cacatuas, o "kakariki" verde, com uma lista vermelha na garganta, o "taupo", ornado com um belo par de suíças pretas, e um papagaio do tamanho do pato, de penas arruivadas, com uma lindíssima penugem sobre as asas, e a quem os naturalistas chamam o "Nestor" meridional.

Sem se afastarem dos companheiros, Robert e o major puderam matar algumas narcejas e perdizes, agachados no baixo arvoredo da planície. Para poupar tempo, Olbinett foi depenando-as pelo caminho.

Da sua parte, e com a curiosidade de um naturalista, Paganel, desejava apanhar alguma ave peculiar da Nova Zelândia. Acudiam-lhe à idéia, se a memória o não enganava, os singulares costumes do "tui" dos indígenas, ora chamado o "zombador", em razão da sua incessante galhofa, ora "cura", porque tem uma volta branca sobre as penas negras como a sotaina de um padre.

— O *tui* — dizia Paganel ao seu amigo major, — engorda de tal modo no inverno, que até adoece. Não pode voar. Rasga então o peito à bicadas, a fim de se desembaraçar da gordura e tornar-se mais leve. Não acha isto esquisito, Mac-Nabs?

— Tão esquisito — replicou o major, — que não acredito em uma palavra!

E Paganel, com muita magoa, não pôde apoderar-se de uma só destas aves para mostrar ao major as sangrentas lacerações que lhes sulcavam o peito.

Foi mais feliz com um pássaro bastante singular, que perseguido pelo homem, pelo gato e pelo cão, fugiu para os países desabitados e tende a desaparecer da fauna zelandesa. Robert, esquadrinhando o terreno, descobriu, num ninho formado de raízes entrelaçadas, um par de galinha sem asas e sem cauda, quatro artelhos nos pés, comprido bico de galinhola e cabeleira de penas brancas sobre todo o corpo. Estes raros animais pareciam servir de ponto de transição entre os ovíparos e os mamíferos.

Era o "kiki" zelandês, o "apteriz australis" dos naturalistas, que indiferentemente se alimenta de larvas, de insetos, de vermes ou de sementes. É próprio do país. Com muita dificuldade o têm introduzido nos jardins zoológicos da Europa. As suas formas meio esboçadas, os seus movimentos grotescos, têm despertado a atenção dos viajantes, e por ocasião da grande exploração do *Astrolábio* e da *Zelea*, Durmont d'Urville estava encarregado pela academia das ciências de conseguir um espécie deste raro animal. Mas, apesar das recompensas prometidas aos indígenas, não capturou vivo um só kiwi.

Contente com sua boa sorte, Paganel amarrou as galinhas e levou-as consigo, na intenção de presenteá-las ao Jardim das Plantas de Paris, e já imaginando a sedutora inscrição *"Doado pelo sr. Jacques Paganel"* pendurada na mais bela gaiola do estabelecimento!

O pequeno grupo ia descendo sem fadiga as margens do Waipa. O país era deserto, e nenhum vestígio, nenhum atalho ou picada, indicava a presença do homem naquelas planícies. As águas do rio corriam entre elevadas moitas ou deslizavam sobre praias extensas. O olhar alcançava até as pequenas montanhas que fechavam o vale para o lado leste. Com as estranhas formas, os perfis mergulhados no nevoeiro, lembravam animais gigantescos, dignos dos tempos antediluvianos. Poderia se dizer que eram um bando de enormes cetáceos, subitamente petrificados. Todas estas massas, agitadas pelas convulsões do solo, tinham aspecto puramente vulcânico. De fato, a Nova Zelândia é produto recente de trabalho plutônico, e o fogo corre ainda através de suas entranhas, sacudindo-a, abalando-a, saindo em muitos pontos pela boca dos gêiseres e pela cratera dos vulcões.

Por volta das quatro horas, tinham percorrido valentemente quinze quilômetros. Segundo o mapa de Paganel, a confluência do Waipa e do Waikato devia achar-se a cerca de cinco quilômetros. Naquele ponto passava a estrada de Auckland, e era ali que iriam acampar aquela noite. Quanto aos oitenta quilômetros que os separavam da capital, se Glenarvan encontrasse a mala-postal que faz o serviço duas vezes por mês entre Auckland e a baía Hawkes, bastariam três dias para os transpor.

— Seremos obrigados a acampar amanhã — disse Glenarvan.

— Espero que seja a última vez — retorquiu Paganel.

— Também espero, porque estas provações são demasiado severas para lady Helena e a srta. Mary.

— Que as suportam sem queixas — acrescentou Mangles. — Mas, o senhor Paganel havia nos falado de uma aldeia, situada na confluência dos dois rios.

— Realmente. Trata-se de Ngarnavahia, quase quatro quilômetros acima da confluência — respondeu Paganel.

— Não podemos pernoitar ali? Lady Helena e a srta. Mary não se importariam de andar um pouco mais para poderem pernoitar num hotel, por pior que seja.

— Um hotel? Um hotel, numa aldeia maori! A povoação de que estamos falando não passa da reunião de choupanas indígenas, e na minha opinião, devemos prudentemente evitá-la!

— Sempre receoso, Paganel! — exclamou Glenarvan.

— Meu caro, com os maoris é melhor desconfiar. Não sei em que termos eles estão com os ingleses, se a insurreição terminou ou se vamos cair no meio da própria guerra. Pessoas como nós seriam presa excelente, e não gostaria de experimentar a hospitalidade zelandesa. Acho mais prudente evitarmos a aldeia de Ngarnavahia, evitando qualquer encontro com os indígenas. Quando chegarmos a Drury, será diferente, e lá nossas valentes companheiras poderão descansar, à vontade, das fadigas da viagem.

A opinião de Paganel prevaleceu, e lady Helena preferiu passar mais uma noite ao ar livre, a expor seus companheiros a um grande perigo. Nem ela, nem a srta. Grant pediram para parar, e continuaram a caminhar ao longo das margens.

Dali a duas horas, a noite começou a cair. Glenarvan e seus companheiros apressaram o passo. Conheciam a rapidez do crepúsculo naquela latitude elevada. Era preciso chegar à confluência do rio antes que a escuridão fosse total. Mas um denso nevoeiro cobria a terra, tornando difícil reconhecer o caminho.

Felizmente, o ouvido substituiu a vista. Dali a pouco, um murmúrio distinto das águas denunciou a reunião dos dois rios num mesmo leito. Às oito horas a caravana chegou ao ponto em que o Waipa desaparece envolto ao Waikato.

— Eis aí o Waikato, e a estrada de Auckland sobe ao longo da margem direita — exclamou Paganel.

— Amanhã veremos isso — retorquiu o major. Acampemos aqui. Vamos comer algo e tratar de dormir.

— Vamos comer, mas biscoitos e carne-seca, sem acender fogo! Chegamos aqui incógnitos, e vamos procurar nos retirar do mesmo modo! O nevoeiro, por sorte, nos ajuda — disse Paganel.

Ajeitaram-se o melhor que puderam, e comeram sem ruído a refeição fria. Dali a pouco um sono profundo apoderou-se dos viajantes, exaustos depois de uma marcha de mais de vinte quilômetros.

10
O RIO NACIONAL

O denso nevoeiro ainda se arrastava pesadamente sobre as águas do rio no romper do dia seguinte. Os raios do sol não tardaram, porém, a atravessar esta massa espessa, que se desfez sob a ação do sol. As margens limparam-se e a corrente do Waikato apareceu em toda a sua beleza.

Uma extensa e fina língua de terra, eriçada de arbustos, vinha morrer em ponta no local onde as duas correntes se juntam. As águas do Waipa, mais impetuosas, repeliam diante de si as do Waikato durante meio quilômetro, antes de se confundir com elas; porém o rio, sereno e caudaloso, não tardava a dominar seu impetuoso companheiro, e tranqüilamente o arrastava na sua corrente até ao reservatório do Pacífico.

Depois que o nevoeiro se dissipou, apareceram uma embarcação que subia o Waikato. Era uma canoa com cerca de 3 metros de comprimento, com a proa levantada, como uma gôndola veneziana, e cavada inteiriça no tronco de um pinheiro. Uma cama de fetos cobria-lhe o fundo. Oito remos colocados a proa, e um homem em pé na popa, dirigindo-a por meio de um leme móvel, a faziam voar sobre as ondas.

O homem que a dirigia era um indígena muito alto, cerca de quarenta e cinco anos, musculoso, pés e mãos vigorosas. A fronte arqueada e saliente, sulcada de grandes rugas, o olhar violento, a fisionomia sinistra, denotavam achar-se ali uma figura temível.

Era um chefe maori, e dos mais poderosos. Os traços finos e muito juntos que lhe sulcavam o rosto e o corpo de-

Era uma canoa com cerca de 3 metros de comprimento, com a proa levantada, como uma gôndola veneziana, e cavada inteiriça no tronco de um pinheiro.

nunciavam isto. Das asas do nariz aquilino, partiam duas espirais negras que, rodeando-lhe os olhos amarelos, reuniam-se na fronte e desapareciam por entre a imensa cabeleira. A boca e o queixo desapareciam sob pinturas regulares, cujos volteios elegantes desciam até o peito robusto do indígena.

A pintura, o "moko" nos zelandeses, é um distintivo elevado. Só se torna digno destes sinais honoríficos aquele que se destaca pela valentia em combates. Os chefes célebres são conhecidos pela finura, precisão e qualidade do desenho que reproduz, muitas vezes, imagens de animais. Alguns chegam a suportar cinco vezes a dolorosa operação do *moko*. Na Nova Zelândia, quanto mais ilustre, mais *ilustrado* se é.

Durmont d´Urville deu curiosas informações sobre este costume. Observou que os *mokos* correspondem aos brasões, de que tanto se ufanam certas famílias na Europa. No entanto, enquanto os brasões europeus só indicam o merecimento individual daquele que o ganhou primeiro, nada provando quanto ao mérito dos descendentes, os *mokos* atestam que aqueles que o trazem deram provas de notável coragem pessoal.

Além do significado que a rodeia, a pintura no corpo dos maoris é também útil, já que dá ao sistema cutâneo um aumento de espessura, que permite à pele resistir melhor às intempéries das estações e as contínuas picadas de mosquitos.

Quanto ao chefe que dirigia a embarcação, não havia dúvidas a respeito de sua valentia. O osso arqueado do albatroz havia lhe sulcado o rosto cinco vezes, em linhas cerradas e profundas. Estava na sua quinta edição, o que se via pelo soberbo aspecto.

Uma tanga ensangüentada nos últimos combates cingia-lhe o corpo. Do lóbulo alongado das orelhas pendiam-lhe brincos verdes, feitos de uma espécie de esmeralda, e no seu pescoço vários colares de "punamus", espécie de pedras sagradas, às quais os zelandeses ligam alguma idéia supersticiosa. Tinha estendida ao lado uma espingarda de fabricação inglesa, junto de um "patu-patu", espécie de machado de dois gumes, cor de esmeralda.

Ao seus pés, nove guerreiros, armados e com ar feroz, alguns com feridas recentes, permaneciam em perfeita imobilidade, envoltos em seus mantos. Três cães ferozes estavam aos seus pés. Os oito remadores pareciam escravos ou servos do chefe. Remavam vigorosamente, e por isso a embarcação subia a corrente do Waikato com velocidade admirável.

No centro da canoa, amarrados pelos pés, mas com as mãos livres, estavam dez prisioneiros, apertados uns contra os outros.

Eram Glenarvan, lady Helena, Mary e Robert Grant, Paganel, o major, Mangles, o sr. Olbinett e os dois marinheiros.

Na véspera, à noite, a pequena caravana, enganada pelo espesso nevoeiro, acampara no meio de um numeroso bando de indígenas. Por volta da meia-noite, os viajantes, surpreendidos no sono, foram aprisionados, e depois transportados para a embarcação. Até aquele momento não haviam sido maltratados, e teria sido inútil qualquer resistência, já que estavam em poder dos selvagens.

Não tardou muito que soubessem, graças a algumas palavras inglesas de que os indígenas se serviam, que estes, repelidos pelas tropas britânicas, batidos e dizimados, se refugiavam nos distritos do alto Waikato. Depois de tenaz resistência, e de terem sido assassinados os principais guerreiros pelos soldados do 42º regimento, o chefe maori vinha fazer novo apelo às tribos do rio, a fim de se reunirem ao invencível William Thompson, que lutava ainda contra os conquistadores. Este chefe se chamava "Kai-Kumu", nome sinistro, que significa "aquele que come os membros do inimigo". Era valente e arrojado, mas a sua crueldade também era sem igual. Não se podia esperar piedade de Kai-Kumu. Seu nome era conhecido dos soldados ingleses, e sua cabeça estava posta a prêmio pelo governador da Nova Zelândia.

Este terrível golpe ferira Glenarvan no momento em que se achava próximo de Auckland, e prestes a regressar à Europa. Contudo, seu rosto impassível e sereno não denunciava a angústia que sentia. Glenarvan, nas circunstâncias graves, mostrava-se sempre à altura do infortúnio. Sabia que, como chefe e marido, devia ser a força, o exemplo de sua mulher e dos seus companheiros. Estava pronto, quando as circunstâncias o exigissem, a ser o primeiro a se sacrificar pela salvação comum. Profundamente religioso, não duvidava da justiça de Deus, e em meio dos inúmeros perigos que lhe surgiam no caminho, nunca se arrependeu do generoso impulso que o arrastara para aqueles países selvagens.

Seus companheiros eram dignos dele, partilhavam seus pensamentos, e ao ver-lhes a fisionomia serena e altiva, ninguém julgaria que enfrentassem situação tão adversa. De comum acordo, resolveram afetar diferença perante os indígenas. Era o único meio de dominar aquelas índoles ferozes. Os selvagens em geral, e em particular os maoris, têm um sentimento de dignidade que nunca perdem, admirando quem se sobressai pelo sangue-frio e coragem. Glenarvan sabia que, agindo assim, poupava a si e aos companheiros um tratamento doloroso.

Depois de partirem do acampamento, os indígenas pouco conversaram entre si. Entretanto, Glenarvan percebeu que a língua inglesa lhes era familiar. Resolveu interrogar o chefe zelandês sobre a sorte que os esperava. Dirigindo-se a Kai-Kumu, disse-lhe em tom absolutamente sereno e destemido:

— Para onde nos conduz, chefe?

Kai-Kumu limitou-se a olhá-lo friamente.

— O que tenciona fazer conosco? — insistiu Glenarvan.

Pelos olhos de Kai-Kumu passou como que um relâmpago:

— Trocá-los, se os seus quiserem. Matá-los, se eles se recusarem — disse friamente.

Glenarvan não perguntou mais nada, mas sentiu-se mais esperançoso. Alguns chefes maoris deviam ter caído em poder dos ingleses, e os selvagens queriam usá-los como moeda de troca. Havia possibilidade de salvação, e melhor era não se desesperar.

A canoa ia subindo rapidamente o rio. Paganel, que ia de um extremo a outro, readquirira por completo a esperança. Dizia consigo que os maoris lhes poupavam o trabalho de se dirigirem aos postos ingleses, o que era uma vantagem. Resignado à sua sorte, seguia no mapa o curso do Waikato através das planícies e dos vales. Lady Helena e Mary Grant, dissimulando o terror que sentiam, conversavam em voz baixa com Glenarvan, e ninguém notava a angústia que lhes dilacerava o coração.

O Waikato é o rio nacional da Nova Zelândia. Os maoris têm ciúme e orgulho dele. No seu curso de mais de trezentos quilômetros, rega as mais belas regiões da ilha setentrional, desde a província de Wellington até a de Auckland. Deu seu nome a todas as tribos que lhe povoam as margens, tribos que se levantaram em massa contra os invasores.

As águas deste rio ainda não foram navegadas por estrangeiros. Ali só deslizavam pirogas insulares. Apenas algum raro e audacioso viajante se terá aventurado por entre suas margens sagradas. O acesso ao alto Waikato parece estar interditado aos europeus profanos.

Paganel conhecia a veneração dos indígenas pelo rio. Sabia que os naturalistas ingleses e alemães não o tinham percorrido além do ponto em que se liga ao Waipa. Até onde o capricho de Kai-Kumu arrastava os seus cativos? Não seria capaz de adivinhar, se a palavra "Taupo", várias vezes repetida pelos indígenas, não lhe despertasse a atenção.

Consultou o mapa e viu que o nome *Taupo* se aplicava a um célebre lago, existente na parte mais montanhosa da ilha, na extremidade meridional da província de Auckland. O Waikato sai deste lago, depois de o atravessar em toda a sua largura. Ora, da confluência até ao lago, o rio percorre uma extensão de quase duzentos quilômetros.

Paganel, falando em francês, para não ser compreendido, pediu a Mangles que calculasse a velocidade da canoa, a qual foi avaliada em quase cinco quilômetros por hora.

— Então — observou o geógrafo, — se fizermos alguma parada à noite, a viagem durará quatro dias.

— Onde ficam os postos ingleses? — perguntou Glenarvan.

— É difícil de saber! — respondeu Paganel. — Entretanto, o teatro da guerra deve ter mudado para a província de Taranaki, e segundo todas as probabilidades, as tropas estão acampadas ao lado do lago, na banda de lá das montanhas, na área onde o foco da insurreição se concentrou.

— Deus queira! — exclamou lady Helena.

Glenarvan lançou um olhar triste para sua jovem esposa e para Mary Grant, expostas ao capricho de ferozes indígenas, num país selvagem, longe da civilização. Vendo, porém, que Kai-Kumu o observava, não quis, por prudência, dar a entender que uma das cativas era sua esposa, e contendo-se, passou a contemplar as margens do rio com indiferença.

Meio quilômetro acima da confluência, a embarcação passara pela antiga residência do rei Potató. Nenhuma outra canoa sulcava as águas do rio. Algumas cabanas, levantadas a grandes intervalos umas das outras, e em ruínas, mostravam todos os horrores de uma guerra recente. As campinas pareciam abandonadas e as praias desertas. Só algumas aves animavam aquela paisagem desolada. Umas vezes era o "tapargunga", ave pernalta de asas pretas, ventre branco, bico vermelho, que fugia valendo-se das compridas patas. Outras vezes, garças de duas espécies, o "matuku" cinzento, espécie de alcaravão de expressão estúpida, e o magnífico "kotuku" de penas brancas, bico amarelo, pés pretos, que sossegadamente contemplavam a embarcação que passava. Nos pontos onde a declividade da praia denunciava certa profundidade, o tordo marinho, o "kotaré" dos maoris, espiava as pequenas enguias que se agitam se debruçando sobre as águas do rio. As aves gozavam em paz os momentos de descanso que lhes deixava a ausência dos homens afugentados ou dizimados pela guerra.

Durante a primeira parte do seu curso, o Waikato deslizava em amplo leito, através de vastas planícies. Mas, nas proximidades da nascente, primeiro as colinas, depois as montanhas, apertavam o vale por onde corria. Vinte quilômetros acima da confluência, o mapa de Paganel indicava na margem esquerda o rio de

Kirikiriroa. Kai-Kumu não parou. Mandou distribuir aos prisioneiros os próprios alimentos, que lhes tinham sido roubados por ocasião do saque do acampamento. O chefe, os seus guerreiros e escravos contentaram-se com os alimentos indígenas, fetos comestíveis, o "peteris esculenta" dos botânicos, raízes cozidas no forno, e "kapanas", batatas abundantemente cultivadas nas duas ilhas. Nenhum produto animal figurava na sua refeição, e a carne seca dos cativos não pareceu despertar-lhes desejos.

Por volta das três horas apareceram na margem direita algumas montanhas, os Pokaroa-Ranges, que pareciam uma muralha desmantelada. Em algumas arestas a prumo viam-se "pahs" em ruínas, antigos entrincheiramentos levantados pelos engenheiros maoris em posições inexpugnáveis. Pareciam grandes ninhos de águias.

O sol desaparecia no horizonte, quando a canoa bateu numa praia coberta de pedras-pomes que o Waikato, saindo de montanhas vulcânicas, arrasta na corrente. Ali cresciam algumas árvores que pareciam próprias para abrigar um acampamento. Kai-Kumu desembarcou os prisioneiros, mandando amarrar as mãos dos homens, ficando as mulheres soltas. Todos foram colocados no meio do acampamento, em volta da qual grandes fogueiras serviam de barreira intransponível.

Antes de Kai-Kumu dizer aos cativos que tencionava trocá-los, Glenarvan e Mangles já tinham discutido os meios de recuperarem a liberdade. O que não podiam tentar na embarcação, poderiam tentar em terra, protegidos por quaisquer eventualidades da noite.

Depois da conversa que tivera com o chefe zelandês, Glenarvan achou prudente desistir de qualquer tentativa. Melhor ter paciência. A troca de prisioneiros oferecia probabilidades de salvação, que um ataque à mão armada, ou a fuga através daquele país desconhecido não proporcionava. Certamente poderia acontecer algo que retardasse ou até impedisse uma negociação; mas o melhor, ainda assim, era esperar os acontecimentos. De fato, que poderiam uns poucos homens sem armas, contra trinta selvagens bem armados? Além disto, Glenarvan achava que a tribo de Kai-Kumu perdera algum chefe importante, o qual tinham interesse em resgatar. E não se enganara.

No dia seguinte a embarcação tornou a subir o rio com mais rapidez. Às dez horas parou um momento na confluência do Pohaiwhenna, pequeno rio que deslizava sinuosamente pelas planícies da margem direita.

Aí, uma canoa tripulada por dez indígenas, juntou-se à embarcação de Kai-Kumu. Os guerreiros apenas trocaram a saudação do encontro, o "airé mai ra", que quer dizer "vinde de boa saúde", e as duas canoas seguiram juntas. Os recém-chegados vinham de um combate contra os ingleses. Via-se pelos trajes esfarrapados, pelas armas ensangüentadas, pelas feridas que ainda vertiam sangue sob os andrajos. Estavam sombrios e taciturnos. Com a indiferença habitual a todos os povos selvagens, não deram atenção aos europeus.

Por volta do meio-dia contornaram, ao ocidente, as cumeadas do Maungatotari. O vale do Waikato começava a estreitar; apertado num leito profundo, o rio começava a despenhar-se com a violência de uma torrente. Porém, o vigor dos indígenas, aumentado e regulado por um canto que regulava o bater dos remos, fez correr a embarcação sobre as águas espumantes. Transpôs-se a torrente, e o Waikato tornou suavemente a seguir o seu curso, quebrado de quilômetros a quilômetros pelos ângulos das margens.

Ao anoitecer, Kai-Kumu parou junto das montanhas, cujas primeiras escarpas se erguiam a prumo sobre estreita praia. Saltaram em terra uns vinte indígenas e tomaram disposições para ali pernoitar. Acenderam fogueiras debaixo das árvores. Um chefe, igual de Kai-Kumu, adiantou-se, e roçando o nariz no deste personagem, dirigiu-lhe a saudação do "chongui". Os prisioneiros foram colocados no centro do acampamento e guardados com extrema vigilância.

No dia seguinte recomeçou a demorada subida do Waikato. Dos pequenos confluentes do rio desembocavam outras embarcações. Uns sessenta guerreiros, evidentemente fugitivos da última insurreição, achavam-se então reunidos, e, mais ou menos maltratados pelas balas inglesas, dirigiam-se para os distritos das montanhas. Por vezes, das canoas que vogavam em linha, elevava-se um canto. Um indígena entoava a ode patriótica do misterioso "Pihé":

Papa ra ti wati tidi
I dounga nei...

hino nacional que arrasta os maoris à guerra da independência. A sonora voz do cantor, ecoava nas montanhas, e, após cada estrofe, os indígenas, batendo no peito, que soava como um tambor, repetiam em coro a canção belicosa. Em seguida, com um novo esforço dos remos, as canoas enfrentavam a correnteza e voavam na superfície das águas.

Naquele dia um fenômeno curioso assinalou a navegação do rio. Pelas quatro horas a embarcação, sem hesitar, guiada pela mão firme do chefe, lançou-se através de um estreito vale. De encontro a numerosos ilhéus propícios a acidentes perigosos quebravam-se vertiginosos redemoinhos. Como em parte nenhuma naquela perigosa passagem do Waikato era preciso evitar um acidente, porque as suas margens não ofereciam nenhum refúgio. Qualquer que pusesse pé no ardente lodo da praia perder-se-ia inevitavelmente.

De fato, o rio corria entre nascentes de água quente, que sempre chamaram a atenção dos viajantes. O óxido de ferro coloria de vermelho muito vivo o limo da praia, onde o pé não encontraria um centímetro de terreno sólido. A atmosfera estava saturada de um cheiro sulfuroso penetrante. Os indígenas não se sentiram muito incomodados, mas os cativos padeceram bastante com o cheiro. Se, porém, o olfato dificilmente se habituava àquelas emanações, a vista não podia deixar de admirar tão grandioso espetáculo.

As embarcações meteram-se por entre uma nuvem de vapores esbranquiçados. Nas margens, grande número de gêiseres, uns lançando nuvens de vapores, outros expelindo colunas líquidas, produziam variados e sucessivos efeitos, que lembravam os jatos e as cascatas feitos pelo homem. As águas e os vapores, confundidos no ar, irradiavam várias cores, feridos pelos raios do sol.

Naquele ponto o Waikato corre sobre um leito movediço que ferve continuamente por efeito dos fogos subterrâneos. Perto, a leste, da banda do lago Rotorua, bramiam as nascentes terminais e as cascatas fumegantes do Rotomahana e do Tetarata avistadas por alguns arrojados viajantes. Esta região é crivada de gêiseres, de crateras, de solfataras. Por ali escapa o excesso de gases que não puderam sair pelas válvulas insuficientes do Tongariro e do Wakari, os únicos vulcões em atividade da Nova Zelândia.

Por espaço de três quilômetros, as canoas indígenas navegaram debaixo desta abóbada de vapores; depois dissipou-se a fumaça sulfurosa, e um ar puro, produzido pela correnteza, veio refrescar os peitos ofegantes. Ficava para trás a região das nascentes.

Ainda naquele dia foram vencidas mais duas torrentes pelo vigoroso remo dos selvagens, a torrente de Hipapatua e a de Tamatea. À noite, Kai-Kumu acampou a cento e sessenta quilômetros do Waipa e do Waikato. O rio, alargando para leste, despenhava-se ao sul no lago Taupo, como imenso jato de água num tanque.

No dia seguinte, Paganel, consultando o mapa, reconheceu na margem direita o monte Taubara, que se eleva a mil metros.

Ao meio-dia, toda a comitiva das embarcações desembocava no lago Taupo por um ponto em que o rio alargava, e os indígenas saudavam com gestos apaixonados um pedaço de pano que ondulava no alto de uma cabana. Era a bandeira nacional.

11

O LAGO TAUPO

Um dia, muito antes dos tempos históricos, por efeito de um desabamento de cavernas em meio das lavas traquíticas do centro da ilha, formou-se um abismo insondável do comprimento de quarenta quilômetros e da largura de trinta e dois. Precipitando-se dos cumes circunvizinhos, as águas invadiram a enorme cavidade. Tornou-se então um lago, que continuou, porém, sendo abismo, e até hoje ainda as sondas não conseguiram medir-lhe a profundidade.

Este é o extraordinário lago Taupo, situado a trezentos metros acima do nível do mar, e dominado por círculo de montanhas de oitocentos metros de altura. Ao ocidente formidáveis rochedos a prumo; ao norte alguns cumes longínquos coroados de pequenas florestas; a leste uma grande praia sulcada por uma estrada e decorada de pedras-pome que resplandecia sob o enramado das moitas; ao sul, cones vulcânicos surgindo por detrás de um primeiro plano de florestas, eis a majestosa moldura que circunda aquela vasta extensão de água, cujas terríveis tempestades valem pelos ciclones do oceano.

Toda esta região ferve como imensa caldeira suspensa sobre chamas subterrâneas. Minada pelo fogo central, a terra treme. Em muitos lugares filtram enxurradas quentes. A crosta de terra fende-se e desmorona-se em partes, e com certeza todo o plaino desabaria na incandescente fornalha, se, dezesseis quilômetros adiante, os vapores compridos não achassem saída pelas crateras do Tongariro.

Da margem norte avistava-se o vulcão coroado de fumaça e chamas. O Tongariro parecia pertencer a um sistema orográfico bem complicado. Detrás dele, o monte Ruapahou, isolado na planície, erguia-se a dois mil e setecentos metros, ocultando a fronte nas nuvens. Sobre o seu cone inacessível nenhum mortal ainda pôs o pé; a vista humana nunca sondou as profundidades da sua cratera, enquanto que Bidwill e Dyson, no espaço de vinte anos, e recentemente de Hochstetter, mediram os cumes mais altos do Tongariro.

Têm as suas lendas estes vulcões, e em qualquer outra circunstância Paganel não deixaria de as contar aos companheiros. Teria lhes contado a disputa que houve um dia entre o Tongariro e o Taranaki, então seu vizinho e amigo, disputa motivada por uma questão de mulher. O Tongariro, que tem a cabeça esquentada como todos os vulcões, enraiveceu-se a ponto de agredir o Taranaki. Ofendido e humilhado, o Taranaki fugiu pelo vale do Whanganni, deixou cair pelo caminho dois pedaços de montanha, e chegou à beira-mar, onde se ergue solitário sob o nome de Monte Egmont.

Mas Paganel não estava com disposição de contar, nem os seus amigos com humor de ouvir. Contemplava silenciosamente a margem nordeste do Taupo, aonde uma terrível fatalidade acabava de os conduzir. A missão fundada pelo reverendo Grace em Pukawa, nas margens ocidentais do lago, já não existia. A guerra fizera fugir o ministro para longe do foco principal da insurreição. Os prisioneiros achavam-se sós, entregues à mercê de maoris ávidos de represálias, e exatamente na parte selvagem da ilha onde o cristianismo nunca penetrou.

Saindo das águas do Waikato, Kai-Kumu atravessou o pequeno canal que serve de vazadouro ao rio, dobrou um agudo promontório, e chegou à margem oriental do lago, junto das primeiras ondulações do monte Manga, grande intumescência da altura de seiscentos metros. Estendiam-se ali campos de "phormium", o linho precioso da Nova Zelândia. É o "harakeké" dos indígenas. Nesta útil planta nada se despreza. A flor fornece uma espécie de mel excelente; o tronco produz uma substância gomosa que substitui perfeitamente a cera ou o amido; a folha, mais complacente ainda, presta-se a numerosas transformações; fresca, serve de papel, seca, forma uma isca excelente; cortada, transforma-se em cordas, cabos e cordéis; dividida em filamentos e torcida, torna-se cobertura ou manto, esteira ou tanga; e colorida de vermelho ou preto, veste os mais elegantes maoris.

O precioso *phormium* acha-se em todos os pontos das duas ilhas, tanto nas margens do mar como ao longo dos rios e na borda dos lagos. As suas moitas cobriam campos inteiros; as flores, vermelho escuro, desabrochavam por toda a parte, adornando exteriormente a inextricável rede das suas compridas folhas, as quais formavam como um troféu de lâminas cortantes. Os nectarianos, formosos pássaros que freqüentam os campos de *phormium*, voavam em numerosos bandos, e libavam o melífero suco das flores.

Nas águas do lago nadavam vários patos com penas pretas, listradas de verde e cinzentas, facilmente domesticáveis.

A um quarto de quilômetro, numa escarpa da montanha, avistava-se um "pah", entrincheiramento maori colocado em posição inexpugnável. Os prisioneiros, com os pés e as mãos livres, desembarcando um a um, foram conduzidos pelos guerreiros para o pah. O caminho que aí conduzia atravessava campos de *phormium*, e um bosquezinho de formosas árvores. Grandes pombas de reflexos metálicos, e uma coleção completa de estorninhos com carúnculas vermelhas, alçaram vôo ao aproximarem-se os indígenas.

Depois de um longo caminhar, Glenarvan e os seus companheiros chegaram ao interior do pah.

Esta fortaleza era defendida por um primeiro recinto de sólidas paliçadas, da altura de cinco metros; uma segunda linha de estacas, e afinal um tapume de vimes crivado de seteiras, fechavam o segundo recinto, isto é, a chapada do pah, sobre a qual se elevavam construções maoris e umas quarenta cabanas dispostas simetricamente.

Chegando ali, os cativos ficaram horrivelmente impressionados com a vista das cabeças que ornavam as estacas do segundo recinto. Lady Helena e Mary Grant desviaram os olhos com mais desgosto de que terror. As cabeças pertenciam a chefes inimigos mortos em combate, e cujos corpos serviram de alimento aos vencedores. O geógrafo reconheceu-os como tais, ao ver-lhes as órbitas privadas de olhos.

De fato, os olhos dos chefes são devorados; a cabeça arranjada à moda dos indígenas, sem os miolos e sem pele, o nariz seguro por meio de pedacinhos de paus, as ventas atulhadas de *phormium*, a boca e as pálpebras cozidas, são assadas durante trinta horas. Assim preparada, conserva-se sem alteração nem ruga, e forma troféus de vitória.

Muitas vezes os maoris conservam a cabeça dos próprios chefes; mas, neste caso, o olho fica na órbita e olha. Os zelandeses mostram com orgulho estes restos; expõem-nos à admiração dos jovens guerreiros, e rendem-lhes um tributo de veneração em solenes cerimônias.

No pah de Kai-Kumu só cabeças de inimigos formava o horrível museu, e decerto que mais de um inglês, com a órbita vazia, se achava na coleção do chefe maori.

A cabana de Kai-Kumu elevava-se ao fundo do pah, diante de um grande campo descoberto a que os europeus chamariam "campo da batalha". Era formada de estacas e de ramos entrelaçados, e revestida interiormente por esteiras de *phormium*. Tinha seis metros de comprimento, cinco de largura e três de altura.

Uma só abertura dava acesso à cabana; um batente, formado de espesso tecido vegetal e que, pendurado da parte superior, servia de porta. Algumas figuras esculpidas no alto das traves ornava a cabana, e o "wharepuni", ou portal, expunha à admiração dos visitantes folhagens, figuras simbóli-

Glenarvan e os seus companheiros chegaram ao interior do pah.

cas, monstros, plantas, enfim, uma espécie de selva curiosa, devida ao cinzel dos ornamentadores indígenas.

No interior da cabana o sobrado, feito de terra batida, elevava-se alguns centímetros acima do solo. Uma espécie de grade formada de caniços, e uns colchões de fetos secos cobertos de esteira tecida com as folhas compridas e flexíveis do "typha" serviam de leitos. No meio, um buraco de pedra servia de lareira, e no teto, segundo buraco servia de chaminé. A fumaça, quando já era bastante densa, decidia-se aproveitar aquela saída, mas só depois de haver depositado nas paredes da habitação um verniz preto de tom admirável.

Ao lado da cabana elevavam-se os armazéns que encerravam as provisões do chefe, a sua colheita de *phormium*, batatas, e os fornos onde, com o uso de pedras quentes, se cozinham estes diversos alimentos. Mais longe, em pequenos cerrados, havia porcos e cabras, raros descendentes dos úteis animais aclimados pelo capitão Cook. Pelos arredores vagueavam alguns cães à procura do seu mesquinho sustento. Para animais que diariamente cooperam na alimentação dos maoris, eram bem maltratados.

Glenarvan e os seus companheiros, com um simples golpe de vista, absorveram todo este panorama. Expostos às injúrias de um bando de velhas, esperavam junto de uma cabana abandonada a resolução que o chefe tomaria a respeito deles. O bando das harpias rodeava-os, ameaçando-os com o punho, uivando e vociferando. Algumas palavras inglesas que lhes escapavam davam a perceber que exigiam vingança imediata.

No meio das ameaças, lady Helena, aparentemente sossegada, fingia uma tranqüilidade que não tinha no coração. Mulher corajosa, para tranqüilizar o marido, continha-se fazendo heróicos esforços. Quanto à pobre Mary Grant, sentia que as forças lhe faltavam, e John Mangles incutia-lhe ânimo, pronto a morrer em sua defesa. Os seus companheiros suportavam cada qual de modo diverso as ameaças, ou indiferentes como o major, ou entregues a progressiva irritação como Paganel.

Querendo poupar lady Helena dos ataques das velhas megeras, Glenarvan caminhou direito a Kai-Kumu e disse, apontando para o grupo horrível:

— Expulse-as daqui.

O chefe maori encarou o prisioneiro sem lhe responder; depois, com um gesto, fez calar o bando. Glenarvan inclinou-se em sinal de agradecimento, e lentamente retomou o lugar em meio dos seus.

Naquele momento achavam-se reunidos no pah uns cem zelandeses, velhos, rapazes, adultos, uns impassíveis, mas sombrios, esperando as ordens de Kai-Kumu, outros entregues a todos os arrebatamentos de uma dor violenta; os últimos choravam parentes ou amigos mortos nos recentes combates.

De todos os chefes que se levantaram à voz de William Thompson, só Kai-Kumu voltava aos distritos do lago, era o primeiro que informava a sua tribo da derrota da insurreição nacional, batida nas planícies do baixo Waikato. Dos duzentos guerreiros que sob as suas ordens haviam corrido em defesa do solo, faltavam cento e cinqüenta. Se alguns eram prisioneiros dos invasores, quantos, estendidos no campo da batalha, não deviam nunca voltar para o país dos seus avós!

Isso explicava a profunda consternação que a chegada de Kai-Kumu lançara a tribo. Nada sabiam da última derrota, e a funesta notícia acabava de se propagar.

Nos selvagens a dor moral manifesta-se sempre por demonstrações físicas. Por isso os parentes e amigos dos guerreiros mortos, as mulheres principalmente, rasgavam o rosto e os ombros com conchas cortantes. O sangue escorria e misturava-se com as suas lágrimas. As profundas incisões atestam grande desespero. Loucas de dor e ensangüentadas, as zelandesas eram um espetáculo terrível.

Um outro motivo, muito grave aos olhos dos indígenas, aumentava o seu desespero. Não só deixara de existir o amigo o parente que pranteavam, como também os seus ossos não podiam figurar no túmulo da família. Na religião maori a posse de tais restos é julgada indispensável aos destinos da vida futura; não a carne perecível, mas os ossos que, recolhidos com cuidado, limpos, raspados, polidos, envernizados, e definitivamente depositados na "Udupa", isto é, na "casa da glória". Estes túmulos são ornados de estátuas de madeira que reproduzem com fidelidade as pinturas que cobriam o corpo do defunto. Mas agora os túmulos ficariam vazios, as cerimônias religiosas não se efetuariam e os ossos que os dentes dos cães selvagens não devorassem ficariam insepultos no campo da batalha.

As manifestações de dor aumentaram de intensidade. Ás ameaças das mulheres seguiram-se as imprecações dos homens contra os europeus. As injúrias e os gestos tornavam-se mais violentos. Iam seguir-se aos gritos os atos de brutalidade.

Receando que os fanáticos da sua tribo o dominassem, Kai-Kumu mandou conduzir os cativos a um lugar sagrado, situado na outra extremidade do pah, em plaino elevado e de difícil acesso. Esta outra cabana estava encostada a um morro de uns trinta metros, e que deste lado do acampamento terminava em talude bastante íngreme. Neste "Waré-Atuá" "casa sagrada", os padres ou arikis ensinavam aos zelandeses a religião de um deus em três pessoas, o pai, o filho e o pássaro, ou o espírito. A cabana, vasta, bem fechada, encerrava o alimento santo e escolhido, que Maoui-Ranga-Rangui come pela boca dos seus padres.

Aí os cativos, momentaneamente abrigados do furor dos indígenas, estenderam-se em esteiras. Lady Helena, exausta, abatida a energia moral, deixou-se cair nos braços do marido.

Glenarvan, apertando-a contra o peito, repetia:

— Coragem, querida Helena, Deus não nos abandonará!

Assim que se viu encerrado, Robert subiu nos ombros de Wilson, e conseguiu meter a cabeça por buraco que havia entre o teto e a parede, da qual pendiam enfiadas de amuletos. Dali o seu olhar abraçava toda a extensão do pah até à cabana de Kai-Kumu.

— Estão reunidos em volta do chefe — disse ele em voz baixa. — Agitam os braços... Uivam... Kai-Kumu quer falar...

O jovem calou-se por instantes, depois prosseguiu:

— Kai-Kumu está falando... Os selvagens sossegaram e estão escutando...

— Não há dúvida — disse o major, — que o chefe tem interesse pessoal em nos proteger. Quer trocar os prisioneiros por chefes da sua tribo! Mas seus guerreiros irão concordar?

— Sim!... Escutam... — continuou Robert. — Dispersam-se... Uns recolhem-se às suas cabanas... Outros deixam o acampamento...

— Verdade? — exclamou o major.

— Sim, senhor Mac-Nabs — respondeu Robert. — Kai-Kumu ficou só com os guerreiros da sua embarcação... Ah! um deles dirige-se para aqui...

— Desça, Robert — disse Glenarvan.

Lady Helena, que se levantara, agarrou o braço do marido.

— Edward — disse ela com voz firme, — nem eu nem Mary devemos cair vivas nas mãos desses selvagens!

E dizendo estas palavras estendeu para Glenarvan um revólver carregado.

— Uma arma! — exclamou Glenarvan, com os olhos fulgurando.

— Sim! os maoris não revistaram as prisioneiras! Mas esta arma é para nós, Edward, não para eles!...

— Glenarvan — disse Mac-Nabs, — esconda o revólver! Não é tempo ainda...

O revólver desapareceu na roupa do lorde. A esteira que fechava a entrada da cabana levantou-se, e apareceu um indígena.

Fez sinal aos presos para que o seguissem. Glenarvan e os seus companheiros atravessaram o pah e pararam diante de Kai-Kumu.

Em volta do chefe estavam reunidos os principais guerreiros da tribo. Entre eles via-se o maori, cuja embarcação se reunira à de Kai-Kumu na confluência do Pohainhenna e do Waikato. Era um homem de quarenta anos, vigoroso, de rosto feroz e cruel. Chamava-se Kara-Tété, isto é, o "irascível", em língua zelandesa. Kai-Kumu tratava-o com consideração, e em vista da delicadeza da pintura que lhe ornava o corpo, reconhecia-se que Kara-Tété ocupava posição elevada na tribo. Entretanto, qualquer observador reconheceria que entre os dois chefes havia rivalidade. O major adivinhou que a influência de Kara-Tété fazia sombra a Kai-Kumu. Governavam ambos os importantes povos do Waikato e com igual poder. Por isso, durante este diálogo, se a boca de Kai-Kumu sorria, os seus olhos denotavam profunda inimizade.

— Você é inglês? — perguntou Kai-Kumu a Glenarvan.

— Sim — respondeu o lorde, sem hesitar, porque esta nacionalidade devia tornar a troca mais fácil.

— E os seus companheiros? — disse Kai-Kumu.

— Ingleses, como eu. Somos viajantes, e naufragamos. Mas, se tem interesse em saber, não tomamos parte na guerra.

— Pouco importa! — respondeu brutalmente Kara-Tété. — Todos os ingleses são nossos inimigos! Roubam os nossos campos! Queimam as nossas aldeias!

— Fizeram mal! — replicou Glenarvan. — Digo isso porque é o que eu penso, e não porque estou em seu poder.

— Escuta — replicou Kai-Kumu, — o Tohonga, o grã padre do Nui-Atuá*, caiu em poder dos teus irmãos; está prisioneiro dos Pakekas**. O nosso Deus ordena que o resgatemos. O meu desejo eram arrancar-lhe o coração, e que a sua cabeça e as de seus companheiros ficassem eternamente cravadas nas estacas desta paliçada. Mas Nui-Atuá falou.

---

*. Nome de um deus zelandês.

**. Europeus.

Falando assim, Kai-Kumu, até então senhor de si, tremia de cólera, e a sua fisionomia expressava uma exaltação feroz.

Passados alguns instantes prosseguiu friamente:

— Acha que o ingleses trocariam o nosso Tohonga pela sua pessoa?

Glenarvan hesitou em responder, e observou atentamente o chefe maori.

— Ignoro-o — disse, passado um momento de silêncio.

— Fale — continuou Kai-Kumu. — A sua vida vale a do nosso Tohonga?

— Não — respondeu Glenarvan. — Não sou nem chefe nem padre entre os meus!

Paganel, estupefato diante desta resposta, olhou para Glenarvan com admiração profunda.

Kai-Kumu pareceu igualmente surpreendido.

— Então duvida? — disse ele.

— Ignoro — replicou Glenarvan.

— Os seus não te aceitarão em troca do nosso Tohonga?

— Eu só, não — repetiu Glenarvan. — Nós todos, talvez.

— Entre os maoris — disse Kai-Kumu, — é cabeça por cabeça.

— Ofereçam primeiro estas mulheres em troca do seu padre — disse Glenarvan, designando lady Helena e Mary Grant.

Lady Helena quis correr para o marido. O major deteve-a.

— Estas duas damas — prosseguiu Glenarvan, inclinando-se com respeitosa graça diante de lady Helena e Mary Grant, — ocupam alta posição no seu pais.

O guerreiro olhou friamente para o seu prisioneiro. Aos lábios assomou-lhe um sorriso de mau agouro; mas reprimiu-o logo e redargüiu, com um tom que dificilmente moderava:

— Espera acaso enganar Kai-Kumu com falsidades, europeu maldito? Julga então que os olhos de Kai-Kumu não sabem ler nos corações?

E apontando para lady Helena, disse:

— Aquela é sua mulher!

— Não! É a minha! — exclamou Kara-Tété.

E repelindo os prisioneiros, a mão do chefe estendeu-se para lady Helena, que empalideceu ao seu contato.

— Edward! — exclamou a infeliz, consternada.

Glenarvan, sem proferir uma palavra, levantou o braço. Ouviu-se um tiro. Kara-Tété caiu morto.

Ao soar a detonação, saiu das cabanas multidão de indígenas. O pah encheu-se num instante. Sobre os desgraçados levantaram-se cem braços. Num relance o revólver de Glenarvan foi-lhe arrancado da mão.

Kai-Kumu lançou um estranho olhar para Glenarvan; em seguida, estendendo a mão sobre o assassino, conteve com a outra a multidão que corria para ele.

Afinal a sua voz dominou o tumulto.

— Tabu! Tabu! — exclamou Kai-Kumu.

A esta palavra, a multidão parou diante de Glenarvan e dos seus companheiros, momentaneamente preservados por um poder sobrenatural.

Passados instantes eram reconduzidos ao Ware-Atuá, que lhes servia de prisão. Mas Robert Grant e Jacques Paganel haviam desaparecido.

— *Tabu! Tabu!* — exclamou Kai-Kumu.

12
O FUNERAL DE UM CHEFE MAORI

Como é muito freqüente na Nova Zelândia, Kai-Kumu acumulava com o título de ariki o de chefe de tribo. Estava revestido da dignidade de padre, e, como tal, podia estender sobre as pessoas ou sobre os objetos a supersticiosa proteção do tabu.

Comum a todos os povos da Polinésia, o tabu tem por efeito imediato tornar intocável uma pessoa ou um objeto. Segundo a religião maori, aquele que levantar mão sacrílega sobre a pessoa ou objeto declarada tabu, será punido de morte pelo deus irritado. Demais, dado o caso que a divindade tarde a vingar a própria injúria, os padres não deixam de acelerar a sua vingança.

O tabu é aplicado pelos chefes com um fim político, quando o não é por efeito de alguma situação ordinária da vida particular. Um indígena está sob o tabu durante muitos dias, em muitas circunstâncias, quando corta o cabelo, quando sofre a operação de lhe pintarem o corpo, quando constrói uma piroga, quando edifica uma casa, quando é atacado de doença mortal, quando morre. Um imprevidente consumo ameaça despovoar os rios de peixes, arruinar os primeiros frutos de uma plantação de batata doce, estes objetos são cobertos com um tabu econômico e protetor. Um chefe quer afastar os importunos da sua cabana, põe-lhe o tabu; monopolizar em seu proveito as relações com um navio estrangeiro, põe-lhe também o tabu; fazer estar de quarentena um comerciante europeu de quem não gosta, cobre-o igualmente com o tabu. A sua interdição parece-se então com o antigo "veto" dos reis.

Quando qualquer objeto está nessas circunstâncias, ninguém impunemente lhe pode tocar. Quando um indígena se acha coberto por esta interdição, são-lhe proibidos certos alimentos por um tempo determinado. Quando é rico e o dispensam de tão severa dieta, os escravos servem-no e introduzem-lhe na boca os manjares em que ele não deve tocar com as mãos; se é pobre, fica reduzido a apanhar os alimentos com a boca, e o tabu transforma-o num animal.

Em suma, este singular costume modifica as menores ações dos zelandeses. É a incessante intervenção da divindade na vida social. Tem força de lei e pode-se dizer que todo o código indígena, código por discutir e indiscutível, resume-se na freqüente aplicação do tabu.

Quanto aos prisioneiros encerrados na Waré-Atuá, era um tabu arbitrário que acabava de os subtrair aos furores da tribo. Alguns indígenas, os amigos e os partidários de Kai-Kumu, tinham parado subitamente à voz do seu chefe e protegido os cativos.

Glenarvan não se iludia, porém, a respeito da sorte que o esperava. Só com a morte podia pagar o assassinato de um chefe. A morte nos povos selvagens é sempre o termo de longo suplício. Glenarvan esperava por isso expiar cruelmente seu ato de legítima indignação, mas esperava que a cólera de Kai-Kumu só a ele ferisse.

Que noite angustiosa ele e os seus companheiros não passaram! O pobre Robert, o excelente Paganel, não tinham tornado a aparecer. Mas como duvidar da sua sorte? Não eram eles as primeiras vítimas sacrificadas à vingança dos indígenas? Fugira toda a esperança, até do coração de Mac-Nabs, que não era homem que desesperasse facilmente. Mangles sentia apagar-se-lhe a razão perante o sombrio desespero de Mary Grant, separada de seu irmão. Glenarvan pensava no terrível pedido feito por lady Helena, que, para se subtrair ao suplício e à escravidão, queria morrer em suas mãos! Seria ele capaz de tanta coragem?

Quanto à fuga, era ela impossível. Dez guerreiros, armados até aos dentes, guardavam a porta do Waré-Atuá.

Chegou a manhã de 13 de fevereiro. Não houve comunicação entre os indígenas e os prisioneiros defendidos pelo tabu. A cabana encerrava uma certa quantidade de víveres nos quais os desgraçados apenas tocaram. Diante da dor a fome desaparecia. O dia passou-se sem trazer uma mudança ou uma esperança. Era fora de dúvida que a hora do funeral do chefe e a do suplício haviam de soar juntas.

Glenarvan tinha certeza de que Kai-Kumu devia ter abandonado qualquer idéia de troca, mas o major, neste ponto, conservava alguma esperança.

— Quem sabe — dizia, lembrando a Glenarvan o efeito que produzira no chefe a morte de Kara-Tété, — quem sabe se no fundo da consciência Kai-Kumu não o está agradecendo?

Apesar das observações de Mac-Nabs, Glenarvan não queria conservar esperanças. O dia seguinte passou-se sem que os preparativos do suplício se fizessem. E eis a razão da demora.

Os maoris julgam que a alma, nos três primeiros dias que se seguem à morte, continua a habitar no corpo do defunto, e durante este tempo o cadáver não é sepultado. Este costume foi observado com rigor. Até 15 de fevereiro o pah esteve deserto. Mangles, em pé sobre os ombros de Wilson, observou muitas vezes as trincheiras exteriores. Nenhum indígena apareceu. Só as sentinelas se rendiam à porta do Waré-Atuá.

Ao terceiro dia, porém, as cabanas abriram-se; os selvagens, homens, mulheres, crianças, se reuniram no pah, silenciosos e tranqüilos.

Kai-Kumu saiu da cabana, e rodeado dos principais chefes da sua tribo, tomou lugar sobre um morro de terra no centro do acampamento. A multidão dos indígenas formava um semicírculo atrás de Kai-Kumu. Todos guardavam profundo silêncio.

A um sinal de Kai-Kumu, um guerreiro dirigiu-se para o Waré-Atuá.

— Não se esqueça — disse lady Helena.

Glenarvan apertou a esposa contra o coração. Mary Grant aproximou-se de Mangles e disse-lhe:

— Lorde e lady Glenarvan devem pensar que se uma mulher pode morrer pelas mãos do marido para se livrar de uma vergonhosa existência, a esposa prometida deve também morrer pelas mãos do amante para se livrar da mesma sorte. John, neste instante supremo posso dizer-lhe, no mistério do seu coração não sou há muito a sua prometida esposa? Posso contar consigo, querido John, como lady Helena conta com lorde Glenarvan?

— Mary! — exclamou o jovem capitão, consternado. — Ah! querida Mary!...

Não pôde concluir; a esteira levantou-se, e os cativos foram conduzidos à presença de Kai-Kumu; as duas mulheres resignadas à sua sorte; os homens dissimulando as suas angústias sob uma aspecto tranqüilo, filho de uma energia sobre-humana.

Chegaram à presença do chefe zelandês. Este não fez esperar a sentença.

— Matou Kara-Tété? — perguntou a Glenarvan.

— Matei — respondeu o lorde.

— Amanhã, ao nascer do sol, irá morrer.

— Só? — perguntou Glenarvan, cujo coração batia com violência.

— Ah! Se a vida do nosso Tohonga não fosse mais preciosa do que a sua! -exclamou Kai-Kumu, cujo olhar exprimiu um pesar feroz.

Naquele momento produziu-se agitação entre os indígenas. Glenarvan lançou um olhar rápido em volta de si. A multidão abriu caminho, e apareceu um guerreiro, escorrendo suor, e com sinais de grande fadiga.

Assim que o avistou, Kai-Kumu disse-lhe em inglês, com a intenção de ser compreendido pelos cativos:

— Está vindo do campo dos pakekas?

— Sim — respondeu o maori.

— Viu o prisioneiro, o nosso Tohonga?

— Vi.

— Está vivo?

— Morreu! Os ingleses fuzilaram-no!

Estava tudo acabado para Glenarvan e os seus!

— Morrerão todos — exclamou Kai-Kumu, — amanhã ao romper do dia!

O castigo atingia os cativos indistintamente. Lady Helena e Mary Grant levantaram para o céu um olhar de agradecimento.

Os cativos não foram reconduzidos para o Waré-Atuá. Deviam naquele dia assistir ao funeral do chefe e as sangrentas cerimônias que o acompanham. Um grupo de indígenas levou-os para um enorme kudi que ficava próximo. Os guardas conservaram-se ao pé deles sem os perder de vista. O resto da tribo maori, absorta na sua dor oficial, parecia tê-los esquecido.

Haviam decorrido os três dias regulamentares após a morte de Kara-Tété. A alma do defunto abandonara definitivamente o invólucro mortal. Começou a cerimônia.

O corpo foi trazido para o meio do acampamento. Estava revestido com um traje suntuoso e envolvido numa esteira magnífica. Na cabeça, ornada de penas, trazia uma coroa de folhas verdes. O rosto, os braços e o peito estavam untados de azeite.

Os parentes e amigos aproximaram-se do lugar em que estava o corpo, e, de repente, elevou-se no espaço imenso concerto de lágrimas, gemidos e soluços. Prantearam o defunto em ritmo plangente e com uma cadência pesada. Os que lhe eram mais chegados batiam na cabeça; as mulheres feriam o rosto com as unhas e mostravam-se mais pródigas de sangue do que de lágrimas. Aquelas desgraçadas cumpriam conscienciosamente o seu dever. Não bastam, porém, estas manifestações para sossegar a alma do defunto, cuja cólera feriria decerto os sobreviventes da sua tribo, e como não o podiam chamar à vida, os seus guerreiros não quiseram que ele tivesse saudades do bem-estar terrestre. Por esta razão, a companheira de Kara-Tété devia acompanhar o esposo no túmulo. A infeliz não deveria sobreviver-lhe. Era o costume, de acordo com o dever, e não faltam na história zelandesa exemplos de semelhantes sacrifícios.

Apareceu a mulher do defunto. Era moça ainda. Os cabelos soltos flutuavam-lhe sobre os ombros. Os seus soluços e gritos soavam ruidosamente. Palavras vagas, frases interrompidas em que celebrava as virtudes do morto, cortavam-lhe os gemidos, e num supremo paroxismo de dor, batendo com a cabeça no solo, estendeu-se ao pé do estrado onde estava o cadáver.

Kai-Kumu aproximou-se dela. De súbito a desgraçada levantou-se; mas um violento golpe de "méré", espécie da maça formidável, redemoinhado na mão do chefe, lançou-a por terra. Caiu fulminada.

Soaram no mesmo instante temerosos gritos. Cem braços ameaçaram os cativos espantados diante de tão horrível espetáculo. Mas ninguém se moveu, porque a cerimônia fúnebre não terminara.

A mulher de Kara-Tété reunira-se ao esposo no túmulo. Os dois corpos estavam estendidos lado a lado. Mas para a vida eterna não bastava ao defunto a sua fiel companheira. Quem serviria ambos junto de Noui-Atuá, se os seus escravos não seguissem deste mundo para o outro?

Seis desgraçados foram trazidos para junto dos cadáveres dos donos. Eram servidores, que as leis desapiedadas da guerra tinham reduzido à escravidão. Durante a vida do chefe, haviam padecido as mais duras privações, sofrido mil tratos cruéis, mal alimentados, empregados sem cessar em trabalhos de besta de carga, e agora, segundo a crença maori, iam continuar na eternidade aquela existência de servidão.

Os infelizes pareciam resignados à sua sorte. Não se admiravam de um sacrifício previsto a tanto tempo. As mãos, livres de quaisquer laços, atentavam que iam receber a morte sem resistir.

Contudo, essa morte foi rápida, e pouparam-lhes longas agonias. A tortura estava reservada para os autores do assassinato que, agrupados a vinte passos, desviavam os olhos daquele terrível espetáculo cujo horror ia aumentar.

Seis golpes de méré, brandidos pela mão de seis guerreiros vigorosos, estenderam as vítimas no solo, no meio de um mar de sangue.

Foi o sinal de espantosa cena de canibalismo.

O corpo dos escravos não está protegido pelo tabu como o cadáver do senhor. Pertence à tribo. É a gratificação que se atira aos carpidores dos funerais. Por isso, consumado o sacrifício, toda a multidão dos indígenas, chefes, guerreiros, velhos, mulheres, crianças, sem distinção de idade nem de sexo, tomada de um furor bestial, caiu sobre os restos inanimados das vítimas. Em pouco tempo, os corpos ainda fumegantes foram despedaçados, divididos, cortados, feitos, não em pedaços, mas em migalhas. Dos duzentos maoris presentes ao sacrifício, todos tiveram o seu quinhão de carne humana. Lutavam, agrediam-se, disputavam o menor bocado uns aos outros. Gotas de sangue quente salpicavam os monstruosos convivas, e todo aquele bando repugnante formigava sob uma chuva vermelha. Era a fúria e o delírio de tigres devorando raivosos a presa. Em seguida, acenderam-se mais de vinte fogueiras em diversos pontos do pah; o cheiro de carne queimada infestou a atmosfera, e se não fosse o espantoso tumulto do festim, se não fossem os gritos que saíam daquelas gargantas repletas de carne, os cativos ouviriam os ossos das vítimas estalar sob os dentes dos canibais.

Glenarvan e os seus companheiros, ofegantes, procuravam ocultar aos olhos das duas pobres senhoras tão abominável cena. Compreenderam que suplício os esperava no dia seguinte, ao romper do sol, e de que tormentos cruéis seria precedida uma tal morte. O horror emudecia-os.

Depois começaram as danças. Licores fortes apressaram a embriaguez dos selvagens. Não tinham nada de humano. Era possível até que, esquecendo o tabu do chefe, chegassem aos excessos para com os prisioneiros a quem aquele delírio aterrava.

Mas Kai-Kumu conservara o uso da razão em meio da embriaguez geral. Concedeu uma hora à orgia de sangue para que ela pudesse chegar à maior intensidade e extinguir-se, e o último ato do funeral representou-se com o cerimonial costumado.

Foram levantados os cadáveres de Kara-Tété e de sua mulher, e dobraram-lhe os membros de encontro ao ventre. Tratava-se de os enterrar, não de um modo definitivo, mas até ao momento em que a terra, devorando as carnes, só deixasse os ossos.

O local do Udupa, isto é, do túmulo, tinha sido escolhido fora do acampamento, a quase cinco quilômetros de distância, no alto de uma pequena montanha chamada Maunganamu, situada na margem direita.

Era para ali que os cadáveres deviam ser transportados. Dois palanquins bem primitivos, ou melhor, duas padiolas, foram trazidas para junto do estrado. Os cadáveres, dobrados, mais sentados que deitados, com os trajes amarrados ao corpo por meio de cipós, foram dispostos nas padiolas. Quatro guerreiros ergueram-nas no ombro, e toda a tribo, recomeçou a entoar o hino fúnebre, seguindo-os até ao local do enterro.

Os cativos, sempre vigiados, viram o cortejo sair do primeiro recinto do pah; depois, os cantos e os gritos foram diminuindo.

Em conseqüência da profundidade do vale perderam-no de vista por espaço de meia hora. Depois tornaram a avistá-lo serpenteando pelos atalhos da montanha. A distância tornava fantástico o aspecto daquela extensa coluna ondulada e sinuosa.

A tribo parou no cume do Maunganamu, no local preparado para o enterro de Kara-Tété.

Um simples maori teria por cova um buraco e um montão de pedras. Mas, a um chefe poderoso e temido, talvez destinado a próxima deificação, a tribo reservava um túmulo digno das suas façanhas.

O Udupa tinha sido rodeado de paliçadas, e próximo do fosso onde deviam ficar os cadáveres elevavam-se várias vigas ornadas de figuras avermelhadas. Os parentes de Kara-Tété não haviam esquecido que o "Waidoua", o espírito dos mortos, se alimenta de substâncias materiais, como costuma fazer o corpo na vida mortal. Por esta razão, tinham depositado no recinto viveres, e também as armas e os trajes do defunto.

Nada faltava ao conforto do túmulo. Os dois esposos ali foram depositados lado a lado, e cobertos com ervas e terra depois de nova série de lamentações.

O cortejo tornou a descer silenciosamente a montanha, e ninguém podia agora subir o Maunganamu, sob pena de morte, porque fora coberto com o tabu, como o Tongariro, onde repousam os restos de um chefe esmagado em 1846 por uma convulsão do solo zelandês.

13
AS ÚLTIMAS HORAS

No momento em que o sol desaparecia por detrás do lago Taupo, ocultando-se nos cimos do Tuhahua e do Puketapu, os cativos foram reconduzidos para a sua prisão. Só deviam tornar a sair dela quando os cumes do Wahiti-Ranges se tingissem com os primeiros fulgores do dia.

Tinham uma noite para se prepararem para a morte. Apesar do aniquilamento, apesar do horror que os fulminava, cearam juntos.

— Não serão demais todas as nossas forças — dissera Glenarvan, — para encarar a morte. É preciso mostrar a estes bárbaros como os europeus sabem morrer.

Terminada a refeição, lady Helena orou em voz alta. Todos os seus companheiros a acompanharam.

Qual é o homem que não pensa em Deus quando vê a morte diante de si?

Cumprido este dever, os prisioneiros abraçaram-se.

Mary Grant e lady Helena, em um canto da cabana, estenderam-se sobre uma esteira. O sono, que suspende todos os males, as venceu. Prostradas pela fadiga e pelas longas insônias, adormeceram nos braços uma da outra.

Glenarvan, chamando os companheiros, disse-lhes:

— Queridos companheiros a nossa vida e a destas pobres mulheres pertence a Deus. Se está nos seus decretos que devemos morrer amanhã, tenho certeza de que saberemos morrer como homens corajosos, como cristãos prontos a aparecer sem receio diante do juiz supremo. Deus, que vê o fundo das almas, sabe que é nobre o fim que levamos em vista. Se em vez do êxito nos espera a morte, é porque ele assim o quer. Por dura que seja a sua sentença, não murmurarei contra ela. Mas a morte aqui não é só a morte, é o suplício, é a infâmia talvez, e eis duas mulheres...

Neste ponto a voz de Glenarvan alterou-se. Calou-se a fim de dominar a sua comoção. Após um momento de silêncio:

— John — exclamou, — prometeu a Mary o que eu prometi a lady Helena. O que resolveu?

— A promessa de que o senhor fala, parece-me que tenho perante Deus o direito de a cumprir.

— Sim, John, mas estamos sem armas.

— Eis aqui uma — replicou John, mostrando um punhal. — Arranquei-o das mãos de Kara-Tété quando esse selvagem caiu a seus pés. Aquele que sobreviver entre nós, cumprirá a vontade de lady Helena e Mary.

Após estas palavras estabeleceu-se profundo silêncio. Finalmente o major interrompeu-o, dizendo:

— Meus amigos, guardem para os últimos instantes esse recurso desesperado. Sou pouco partidário do que é irremediável.

— Não falei por nós — replicou Glenarvan. — Qualquer que seja a espécie de morte que nos espera, saberemos enfrentá-la. Ah! Se estivéssemos sós, já teria bradado: "Meus amigos, tentemos uma fuga! Ataquemos estes miseráveis!" Elas! Elas, porém!...

John levantou a esteira e contou vinte e cinco indígenas que velavam à porta do Waré-Atuá. Tinham feito uma grande fogueira que lançava sinistros clarões. Os selvagens, uns sentados em volta do braseiro, outros de pé, imóveis, sobressaíam vigorosamente, o negro vulto delineado no fundo brilhante das chamas. Todos dirigiam freqüentemente o olhar para a cabana confiada à sua vigilância.

Diz-se que entre um carcereiro que vela e um preso que quer fugir, as probabilidades são a favor do preso. Efetivamente, os interesses são diferentes. O carcereiro pode esquecer que guarda, mas o preso não pode esquecer que é guardado. O cativo pensa mais em fugir que o guarda em impedir a fuga. Eis a razão de tantas evasões freqüentes e maravilhosas.

Mas aqui era o ódio, a vingança, que vigiavam os cativos, e não um carcereiro indiferente. Se os presos não tinham sido amarrados, é que os laços não se tornavam necessários, porque vinte e cinco homens guardavam a saída do Waré-Atuá.

A cabana, encostada ao rochedo, só era acessível por uma estreita língua de terra que a reunia ao pah pela frente. Tornava-se, pois, impossível qualquer evasão, e Glenarvan, depois de ter pela vigésima vez sondado as paredes da prisão, foi obrigado a reconhecer essa impossibilidade.

E as horas daquela noite de angústias iam se passando. Espessas trevas tinham invadido a montanha. Nem a lua nem as estrelas alteravam a profunda escuridão. Algumas lufadas varriam os flancos do pah. As estacas da cabana gemiam. A fogueira dos indígenas animava-se subitamente por efeito desta ventilação passageira, e o reflexo das chamas lançava rápidos clarões no interior do Waré-Atuá. O grupo dos prisioneiros iluminava-se por um instante. Aquela pobre gente jazia absorta nos seus últimos pensamentos. Na cabana reinava um silêncio de morte.

Deviam ser quase quatro horas da manhã, quando a atenção do major foi despertada por um ligeiro ruído que parecia vir de trás das estacas do fundo, na parede da cabana encostada à rocha. Mac-Nabs, a princípio indiferente a este ruído, vendo que ele continuava, pôs-se a escutar; depois, incomodado com a sua insistência, encostou o ouvido ao chão. Pareceu-lhe que cavavam do lado de fora.

Depois de se certificar do fato, o major, foi até onde estavam Glenarvan e Mangles, arrancando-os de seus dolorosos pensamentos.

— Escutem — disse-lhes em voz baixa, fazendo sinal para que se baixassem.

O ruído tornava-se cada vez mais perceptível; podiam-se ouvir as pequenas pedras rangerem sob a pressão de um corpo agudo e desmoronarem-se exteriormente.

— Alguma fera no covil — disse Mangles.

Glenarvan bateu na testa.

— Quem sabe se será um homem?...

— Homem ou animal — disse o major, — vou ver o que é!

Wilson e Olbinett reuniram-se aos seus companheiros, e puseram-se todos a escavar a parede. John com o seu punhal, os outros com pedras arrancadas do solo ou com as unhas, ao mesmo tempo que Mulrady, estendido no chão, espreitava por uma abertura da esteira o grupo dos indígenas.

Os selvagens, imóveis em torno da fogueira, não suspeitavam nada do que se passava a vinte passos de distância.

O solo era composto de uma terra movediça. Por isso, apesar da falta de instrumentos, a escavação avançava rapidamente. Tornou-se evidente que um ou mais homens, trepados aos flancos do pah, abriam uma galeria na parede exterior. Mas com que fim? Sabiam da existência dos prisioneiros, ou o acaso de uma tentativa pessoal explicava este trabalho? Os cativos redobraram de esforços. Os seus dedos sangravam, mas continuavam a cavar. Depois de meia hora de trabalho, o buraco aberto por eles alcançara um metro de profundidade. Pelo ruído, mais sonoro, percebia-se que uma camada de terra pouco espessa era só o que impedia a comunicação imediata.

Decorreram mais alguns minutos, e, de repente, o major, contendo um grito, retirou a mão ferida por aguda lâmina.

Mangles, apontou-lhe a lâmina do seu punhal, evitou a faca que se agitava fora do solo, mas agarrou a mão que a empunhava.

Era mão de mulher ou de criança, mão européia!

De parte a parte não se proferira uma palavra. Tornava-se evidente que de ambos os lados havia interesse em não falar.

— É você Robert? — murmurou Glenarvan.

Apesar de proferir muito baixinho esta palavra, Mary que despertara com o movimento que reinava na cabana, aproximou-se sem ruído de Glenarvan, e agarrando a mão toda enxovalhada de terra, cobriu-a de beijos.

— Robert! Robert! — exclamava a jovem, que não se enganara.

— Sim, querida irmãzinha! — respondeu Robert. — Estou aqui para os salvar. Mas, silêncio!

— Criança valente! — repetia Glenarvan.

— Vigiem os selvagens lá fora — alertou Robert.

Mulrady, distraído pela aparição da criança, tornou a ir para o seu posto de observação.

— Tudo bem — disse ele. — Só quatro guerreiros vigiam. Os outros dormiram.

— Coragem! — redargüiu Wilson.

O buraco alargou-se num instante, e Robert passou dos braços da irmã para os braços de lady Helena. Trazia enrolada no corpo uma comprida corda.

— Meu filho, meu filho — murmurou a jovem, — os selvagens não te mataram!

— Não, senhora — replicou Robert. — Não sei como, durante o tumulto, pude ocultar-me deles; transpus o recinto; e por dois dias me ocultei por detrás de arbustos. De noite vagueava; queria tornar a vê-los. Enquanto a tribo se ocupava do funeral, vim fazer o reconhecimento deste lado da prisão, e vi que poderia me aproximar do lugar onde estavam. Roubei numa cabana esta faca e esta corda. Os montículos de erva, os ramos de arbustos, serviram-me de escada. Por acaso, achei uma espécie de gruta onde se apóia esta construção; tive apenas que escavar alguns metros numa terra mole, e eis-me aqui.

127

Vinte beijos silenciosos foram a única resposta que Robert pôde obter.

— Partamos — disse ele em tom decidido.

— Paganel está lá em baixo? — perguntou Glenarvan.

— O senhor Paganel? — perguntou Robert, surpreso.

— Sim, está à nossa espera?

— Não, milorde. O senhor Paganel não está aqui?

— Não, Robert— respondeu Mary Grant.

— Vocês não fugiram juntos? — perguntou Glenarvan.

— Não! — respondeu Robert, aterrado ao saber do desaparecimento do seu amigo.

— Partamos — disse o major, — não há um minuto a perder. Esteja Paganel em que lugar estiver, não pode estar pior do que nós aqui. Partamos!

De fato, os minutos eram preciosos. A fuga não oferecia dificuldades, a não ser uma parede quase perpendicular fora da gruta, de seis metros de altura. Depois, o talude oferecia uma descida suave até à base da montanha. Os cativos podiam rapidamente vencer a distância que os separava dos vales inferiores, enquanto que os maoris, se descobrissem a evasão, seriam obrigados a dar um grande rodeio para os apanhar, porque ignoravam a existência da galeria aberta entre o Waré-Atuá e o declive exterior.

A fuga começou, e tomaram-se todas as precauções para que ela tivesse êxito. Os cativos passaram um a um pela estreita galeria e chegaram à gruta. Antes de deixar a gruta, Mangles dissimulou a abertura, sobre a qual deixou cair as esteiras da cabana. A galeria achava-se perfeitamente disfarçada.

Era preciso agora descer a parede perpendicular até ao declive, descida que seria impossível se Robert não trouxesse a corda, que foi amarrada a uma saliência do rochedo e pendurada para o lado de fora.

Mangles, antes de consentir que os seus amigos usassem a corda, experimentou-a; não lhe pareceu que oferecesse grande solidez. Era preciso não se exporem, porque uma queda podia ser mortal.

— Esta corda — disse ele, — só pode suportar o peso de dois corpos de cada vez. Lorde e lady Glenarvan descerão primeiro; quando chegarem ao talude, puxem três vezes a corda em sinal de que podemos segui-los.

— Irei na frente — replicou Robert. — Descobri na base do talude uma espécie de escavação onde poderemos nos reunir.

— Vá, meu filho — disse Glenarvan, apertando a mão do jovem.

Robert desapareceu pela abertura da gruta. Um minuto depois, três puxões da corda indicavam que ele acabava de realizar com felicidade a sua descida.

Em seguida Glenarvan e lady Helena arriscaram-se a sair da gruta. A escuridão começava a ser quebrada por alguns tons pardacentos que começaram a colorir os cumes que se erguiam à leste.

O frio agudo da manhã reanimou a jovem. Sentiu-se mais forte e começou a perigosa evasão.

Primeiro Glenarvan, depois lady Helena, deixaram-se escorregar ao longo da corda até ao lugar onde a parede perpendicular encontrava o cume do talude. Em seguida Glenarvan ajudou a esposa a descer até onde Robert os esperava. Alguns pássaros, acordando de súbito, levantavam o vôo dando pequenos pios, e os fugitivos tremiam quando qualquer pedra rolava ruidosamente até à base da montanha.

Estavam na metade do caminho, quando, de repente, escutaram uma voz:

— Esperem!

Era Mangles.

Wilson dera um aviso. Percebendo algum ruído no lado exterior de Waré-Atuá, voltara à cabana, e levantando a esteira observava os maoris. A um sinal dele, John fez Glenarvan parar.

Um dos guerreiros, surpreendido por algum rumor insólito, levantara-se e aproximara-se do Waré-Atuá. Em pé, a dois passos da cabana, escutava atento. Permaneceu assim por espaço de um minuto, que pareceu uma hora, com o ouvido à escuta e o olhar atento. Depois, abanando a cabeça como quem se enganou, voltou para junto dos companheiros, pegou num braço de lenha e lançou-a na fogueira quase apagada, cujas chamas se reanimaram. O seu rosto, vivamente iluminado, não denunciava preocupação alguma, e depois de observar os primeiros fulgores da alvorada que branqueavam o horizonte, deitou-se ao pé do lume para se aquecer.

— Tudo bem! — disse Wilson.

John fez sinal a Glenarvan para que retomasse a descida.

O lorde deixou-se escorregar suavemente pelo talude; dali a pouco lady Helena e o marido punham pé no estreito atalho onde Robert os esperava.

A corda foi sacudida três vezes, e Mangles, precedendo Mary Grant, seguiu por sua vez o perigoso caminho.

Foi bem sucedido e dali a pouco reunia-se a lorde e lady Glenarvan na gruta indicada pelo jovem Robert.

Cinco minutos depois, todos os prisioneiros, realizando com felicidade a evasão do Waré-Atuá, fugindo das margens habitadas do lago, embrenhavam-se, seguindo estreitos atalhos, na solidão das montanhas.

Caminhavam rapidamente, procurando afastar-se de todos os pontos onde pudessem ser vistos. Não falavam, deslizavam como sombras atrás dos arbustos. Onde iam? Ao acaso, mas a verdade é que estavam livres.

Por volta das cinco horas começou a amanhecer. Os cumes longínquos iam-se limpando dos vapores matutinos. O sol que despontava, em vez de dar o sinal do suplício, ia, pelo contrário, indicar a fuga dos condenados.

Era preciso, portanto, antes daquele momento fatal, que os fugitivos se pusessem fora do alcance dos selvagens, a

Primeiro Glenarvan, depois lady Helena, deixaram-se escorregar ao longo da corda.

fim de lhes fazerem perder a pista por meio da distância. Mas não caminhavam depressa porque os atalhos eram íngremes. Lady Helena subia os declives, amparada por Glenarvan, e Mary Grant encostava-se ao braço de John Mangles; Robert, feliz, triunfante, com o coração cheio de alegria pelo êxito obtido, abria a marcha; os dois marinheiros fechavam-na.

Os fugitivos marcharam ao acaso. Não tinham ali Paganel para os dirigir, — Paganel, a causa dos seus receios, e cuja ausência lançava uma sombra na felicidade que então gozavam. Entretanto iam rumo a leste, tanto quanto lhes era possível, e caminhavam ao encontro de uma aurora esplêndida. Não tardou que atingissem uma altura de duzentos metros acima do lago Taupo. Colinas e montanhas de forma indecisa alteavam-se umas sobre as outras; Glenarvan só desejava perder-se entre elas. Depois veria como sair daquele monstruoso labirinto.

De súbito um clamor terrível estalou nos ares. Elevava-se do pah, cuja direção exata Glenarvan ignorava. Demais, um espesso lençol de névoa, estendido a seus pés, não lhe deixava distinguir os vales inferiores.

Mas não restava dúvida aos fugitivos; a fuga tinha sido descoberta. Seria possível escaparem à perseguição dos indígenas?

Naquele momento o nevoeiro levantou-se, e avistaram a cem metros abaixo de si o bando frenético dos indígenas.

Tinham sido vistos! Estalaram novos uivos acompanhados de latidos, e toda a tribo, depois de haver debalde procurado escalar a rocha do Waré-Atuá, precipitou-se para fora dos recintos fortificados, e correu pelos atalhos mais curtos em perseguição dos prisioneiros que fugiam à sua vingança.

14

A Montanha Tabu

O cume da montanha ficava ainda a uns trinta metros. Os fugitivos tinham interesse em alcançá-la, a fim de se ocultarem na vertente oposta. Esperavam que algum declive lhes permitisse alcançar os cumes próximos, que se confundiam num sistema orográfico, cujas complicações o pobre Paganel, se ali estivesse, teria desembrulhado.

Sob a ameaça dos indígenas, que se aproximavam, apressaram a ascensão.

— Coragem, meus amigos! — gritava Glenarvan, estimulando os companheiros.

Em menos de cinco minutos chegaram ao cume do monte, aí voltaram-se, a fim de avaliar a situação e tomar uma direção que pudesse desorientar os maoris.

Dali dominavam o lago Taupo, que se estendia para o ocidente encerrado na sua pitoresca moldura formada de montanhas; ao norte, eram os cumes do Pirongia; ao sul, a cratera em chamas do Tongariro. Porém, para leste o olhar deparava com a barreira composta de cimos e cabeços do Waihiti-Ranges, essa grande cordilheira, cujas articulações não interrompidas ligam a ilha setentrional do estreito de Cook ao cabo oriental. Era preciso, pois, descerem a vertente oposta e meterem-se em estreitos desfiladeiros, talvez sem saída.

Glenarvan lançou olhar ansioso em volta de si; como o nevoeiro se tinha desfeito, nenhum movimento dos maoris podia passar desapercebido.

Os indígenas achavam-se a menos de cento e cinqüenta metros dos viajantes, quando estes alcançaram a chapada sobre que se elevava o cone solitário.

Eles não podiam parar. Exaustos ou não, era preciso fugir!

— Desçamos — exclamou Glenarvan, — antes que tenham tempo de nos cercar.

Mas quando as pobres senhoras faziam um supremo esforço para se levantar, Mac-Nabs deteve-as e disse:

— É inútil, Glenarvan. Veja.

A perseguição fora subitamente interrompida. O bando de indígenas reprimira o ímpeto que os movia.

Todos os selvagens, com o apetite de sangue estimulado, postados em redor do monte, uivavam, gesticulavam, agitavam as espingardas e os machados, mas não avançavam um palmo. Os cães, presos como eles ao solo, latiam com desespero.

O que era aquilo? Que poder invisível detinha os indígenas? Os fugitivos não compreendiam o que se passava.

De súbito, Mangles deu um grito que fez voltar os companheiros. Com a mão levantada, indicava-lhes uma pequena fortaleza no cume do cone.

— O túmulo do chefe Kara-Tété! — exclamou Robert.

Robert não se enganava. A trinta metros acima deles, no pico da montanha, havia uma paliçada formada de estacas recentemente pintadas. Glenarvan reconhecera também o túmulo do chefe zelandês. O acaso os levara ao cimo do Maunganamu.

Seguido dos seus companheiros, o lorde trepou os últimos declives do cone e chegou ao túmulo. Uma grande abertura coberta de esteiras dava acesso àquele recinto. Glenarvan ia entrar no Udupa, quando recuou de repente.

— Um selvagem! — disse.

— Um selvagem neste túmulo? — perguntou o major.

— Sim, Mac-Nabs.

— Que importa, vamos entrar!

Glenarvan, o major, Robert e Mangles entraram no recinto. Ali havia um maori envolto num grande manto; a sombra do Udupa não permitia distinguir-lhe as feições. Parecia sossegado, e almoçava à vontade.

Glenarvan ia dirigir-lhe a palavra, quando o indígena, antecipando-se, disse em tom amável e em bom inglês:

— Sente-se, meu caro lorde, o almoço o espera.

Era Paganel! À sua voz todos se precipitaram no Udupa e se lançaram nos braços do excelente geógrafo. Paganel fora encontrado! Era a salvação que se apresentava na sua pessoa! Iam interrogá-lo, queriam saber como e porque se achava no cume do Maunganamu; mas Glenarvan suspendeu com uma simples palavra esta importuna curiosidade.

— Os selvagens! — exclamou ele.

— Os selvagens! — retorquiu Paganel, encolhendo os ombros. — São sujeitos que desprezo!

— Mas eles não podem?...

— São uns imbecis! Venham!

Seguiram Paganel, que saíra do Udupa. Os zelandeses estavam no mesmo lugar, e soltavam terríveis imprecações.

— Gritem! — disse Paganel. — Desafio-os a virem aqui!

— E porque? — perguntou Glenarvan.

— Porque o túmulo do chefe está aqui, porque a montanha é tabu!

— Tabu?

— Sim, meus amigos! E foi por isso que me refugiei aqui.

— Deus nos protege! — exclamou lady Helena, levantando as mãos ao céu.

De fato, a montanha era tabu, e em virtude da sua consagração, escapava à invasão dos supersticiosos selvagens.

Não era ainda a salvação, mas uma trégua, que eles trataram de aproveitar.

Glenarvan, entregue a indizível comoção, não dizia nada, e o major meneava a cabeça com ar de verdadeira satisfação.

— E agora, meus caros — disse Paganel, — se esses brutos esperam exercitar a paciência conosco, enganam-se. Em dois dias estaremos fora do alcance desses patifes.

— Mas como? — exclamou Glenarvan.

— Não sei — replicou Paganel, — mas iremos fugir.

Todos quiseram então saber as aventuras do geógrafo. Coisa esquisita, singular reserva em homem tão prolixo, foi quase preciso arrancar-lhe as palavras da boca. Ele que tanto gostava do papel de narrador, respondeu de um modo evasivo às perguntas.

— Mudaram o meu amigo Paganel — dizia consigo o major Mac-Nabs.

Com efeito, a fisionomia do digno sábio já não era a mesma. O geógrafo envolvia-se rigorosamente no seu xale, e parecia evitar os olhares curiosos. Os seus modos embaraçados, não escaparam a ninguém, mas, por discrição, todos fingiram que não davam por isso. Demais, quando não era ele o assunto, Paganel readquiria o bom humor que lhe era habitual.

Eis o que julgou conveniente dizer aos seus companheiros, depois que todos se sentaram em torno dele, junto das estacas que formavam o Udupa:

Depois do assassinato de Kara-Tété, Paganel aproveitara-se, como Robert, do tumulto dos indígenas e correra para fora do pah. Mas, menos feliz que o jovem, foi parar num acampamento de maoris. Governava-o um chefe bem apessoado, de fisionomia inteligente, evidentemente superior a todos os guerreiros da sua tribo. Este chefe falava corretamente inglês, e saudou o geógrafo, esfregando a ponta do nariz no dele.

Paganel perguntava a si mesmo se devia considerar-se prisioneiro ou não. Mas, vendo que não podia dar um passo sem ser amavelmente acompanhado do chefe, soube logo o que devia pensar a tal respeito.

— Sente-se, meu caro lorde, o almoço o espera.

O chefe, chamado "Hihy", quer dizer "raio de sol", não era mau. Os binóculos e o telescópio do geógrafo pareciam impressioná-lo, e manteve o sábio junto de si, não só pelos benefícios que lhe dispensou, mas também com boas cordas.

Durou três dias esta situação. Neste lapso de tempo, Paganel foi bem ou mal tratado? "Sim e não", disse ele, sem se explicar mais. Numa palavra, estava prisioneiro, e salvo a perspectiva de um suplício imediato, a sua condição não lhe parecia mais invejável que a dos seus desventurados amigos.

Felizmente, certa noite conseguiu fugir. Assistira de longe ao enterro do chefe, e sabia que o tinham sepultado no cume do Maunganamu, e que a montanha devia ser tabu por este fato. Foi ali que resolveu se esconder, não querendo abandonar os amigos. Saiu-se bem da perigosa empresa. Chegara na noite antecedente ao tumulo de Kara-Tété, e esperou, ao mesmo tempo que restaurava as forças, que o céu livrasse os companheiros por meio de algum acaso providencial.

Esta foi a narrativa de Paganel. Omitiria ele de propósito alguma circunstância que se dera durante sua estada entre os indígenas? O seu ar embaraçado fazia supor isso. Em todo o caso, recebeu unânimes felicitações.

Mas a situação ainda era grave. Os indígenas, embora não se atrevessem a subir o Maunganamu, contavam com a fome e com a sede para tornar a apanhar os prisioneiros. Era questão de tempo, e os selvagens têm grande paciência.

Glenarvan não se iludia com as dificuldades; mas resolveu esperar circunstâncias favoráveis, ou até, em caso de precisão, dar origem a essas circunstâncias.

Primeiro, quis fazer um reconhecimento escrupuloso no Maunganamu, isto é, na sua fortaleza improvisada, não para a defender, mas para de lá sair. Auxiliado pelo major, John, Robert e Paganel, tirou uma planta exata da montanha. Observaram a direção dos atalhos, o seu declive e os pontos aonde iam dar. O morro, de dois quilômetros de extensão, que reunia o Maunganamu à cadeia dos Waihiti, descia para a planície. Era na sua aresta, estreita e de caprichoso contorno, que havia o único caminho possível para a fuga. Se os fugitivos, favorecidos pela noite, passassem por este caminho sem serem vistos, talvez conseguissem embrenhar-se nos profundos vales dos Ranges e desorientar os guerreiros maoris.

Mas esta fuga oferecia perigos. Na parte inferior, o caminho passava ao alcance das espingardas. As balas dos indígenas podiam alcançá-los.

Glenarvan e os seus amigos, ao aventurarem-se na parte perigosa da aresta, foram saudados por uma chuva de balas. Algumas buchas trazidas pelo vento caíram junto deles. Eram feitas de papel impresso, que Paganel apanhou por simples curiosidade.

— Sabem, meus amigos, com que é que estes animais carregam as espingardas?

— Não, Paganel, — respondeu Glenarvan.

— Com folhas da Bíblia! Se é este o emprego que dão aos versículos da Escritura Sagrada, tenho dó dos missionários!

— E qual foi a passagem do livro santo que os indígenas nos atiraram? — perguntou Glenarvan.

— Uma sentença do Todo Poderoso — respondeu Mangles, que por seu turno acabava de ler o papel manchado pela explosão, — que nos diz para confiar!

— Leia, John — pediu Glenarvan.

E Mangles leu o versículo:

— Salmo 90: *"Porque esperou em mim, eu o livrarei"*.

— Meus amigos — disse Glenarvan, — é preciso levar essas palavras de esperança às nossas companheiras.

Glenarvan e os seus companheiros subiram os íngremes atalhos do cone, e dirigiram-se para o túmulo que queriam examinar.

Enquanto caminhavam, admiraram-se por surpreenderem, com pequenos intervalos, certos estremecimentos do solo.

139

Não era uma agitação, mas a vibração continuada que se observa nas paredes de uma caldeira sacudida pelo movimento da água a ferver. Vapores extremamente expansivos, provenientes da ação dos fogos subterrâneos, estavam decerto encerrados no invólucro da montanha.

Esta particularidade não podia maravilhar quem, como eles, acabava de passar pelas nascentes de água quente do Waikato. Sabiam que a região central de Ika-Na-Mawi é essencialmente vulcânica, como uma peneira cujo tecido deixa transpirar os vapores da terra pelas nascentes de água a ferver.

Paganel, que já a observara, chamou a atenção dos seus amigos para a natureza vulcânica da montanha. O Maunganamu não era senão um dos numerosos cones que eriçam a parte central da ilha, isto é, um vulcão do futuro. A mais pequena ação mecânica podia ocasionar a formação de uma cratera nas suas paredes feitas de um tufo silicioso e esbranquiçado.

— Com efeito — disse Glenarvan, — aqui não estamos em mais perigos do que ao pé da caldeira do *Duncan*. É uma folha de ferro bem sólida esta crosta de terra!

— É verdade — replicou o major, — mas uma caldeira, por melhor que seja, depois de grande serviço, acaba sempre arrebentando.

— Mac-Nabs — disse Paganel, — não desejo ficar neste cone. Mostre-me uma passagem, que eu a enfrento!

— Ah! — ponderou John Mangles. — Porque o Maunganamu mesmo não pode nos transportar? Debaixo dos nossos pés está talvez a força de muitos milhares de cavalos, porém, estéril e perdida! O nosso *Duncan* não precisava da milésima parte dessa força para nos levar ao fim do mundo!

Esta recordação do *Duncan*, evocada por Mangles, despertou no espírito de Glenarvan os mais tristes pensamentos. Por mais desesperada que fosse a própria situação, esquecia-a muitas vezes para deplorar a sorte da sua tripulação.

Pensava ainda nela, quando encontrou no cume do Maunganamu os seus companheiros de infortúnio.

Lady Helena, logo que o avistou, correu para ele.

— Meu caro Edward — disse, — reconheceu nossa posição? Devemos ter esperança?

— Esperança, querida Helena. Os indígenas não transpõem decerto os limites da montanha, e teremos tempo para armar um plano de fuga.

— Demais, senhora — disse Mangles, — é Deus mesmo que nos diz que esperemos.

E Mangles entregou a lady Helena a folha da Bíblia, onde se lia o versículo sagrado. As mulheres, com a alma cheia de confiança e o coração aberto a todas as promessas do céu, viram nas palavras do livro santo um presságio infalível de salvação.

— Agora, para o Udupa! — exclamou alegremente Paganel. — É a nossa fortaleza, a nossa sala de jantar, o nosso gabinete de trabalho! Ninguém nos irá incomodar! Minhas senhoras! Permitam-me que lhes faça as honras desta encantadora habitação.

Seguiram todos o amável Paganel. Quando os selvagens viram os fugitivos profanarem outra vez a sepultura protegida pelo tabu, soltaram espantosos uivos.

Lady Helena, Mary Grant e os seus companheiros, tranqüilizados por verem que a superstição dos maoris os impediam de avançar, entraram no monumento fúnebre.

Era uma paliçada de estacas pintadas de vermelho o Udupa do chefe zelandês. Figuras simbólicas contavam a nobreza e os feitos do defunto. Amuletos, de conchas ou de pedras com diversos feitios, balançavam ali. No interior, o solo desaparecia sob um tapete de folhas verdes. No centro uma pequena elevação denunciava a existência da cova.

Estavam depositadas no Udupa as armas do chefe, as suas espingardas carregadas, a lança, a bela acha verde, e uma provisão de pólvora e de balas para as eternas caçadas.

— Um arsenal completo — disse Paganel, — de que faremos melhor uso que o defunto. Que boa idéia que os selvagens têm de trazer as armas para o outro mundo!

141

— Ora! São espingardas inglesas!— exclamou o major.

— Que dúvida! — replicou Glenarvan. — É um costume bem tolo o de presentear os selvagens com armas. Estes se servem delas contra os invasores, e têm razão. Em todo o caso, as tais espingardas podem ser-nos de bastante utilidade!

— Mas o que nos será mais útil — disse Paganel, — são a água e os viveres destinados a Kara-Tété.

Efetivamente, os parentes e amigos do morto haviam feito as coisas como deviam. O fornecimento atestava a estima que tinham pelas virtudes do chefe. Havia víveres em quantidade para sustentar dez pessoas durante quinze dias, ou, melhor dizendo, para sustentar o defunto durante a eternidade. Os alimentos eram fetos e batatas doces. Viam-se também ali grandes vasos contendo a água pura que costuma figurar nas refeições dos zelandeses, e uma dúzia de cestos, artisticamente entrançados, contendo umas pastilhas de goma verde inteiramente desconhecida.

Estavam, pois, os fugitivos precavidos por alguns dias contra a fome e contra a sede. E não se fizeram rogar para tomarem a sua primeira refeição à custa do chefe.

Glenarvan trouxe os alimentos para os seus companheiros e confiou-os ao cuidado de Olbinett, que sempre formal até nas mais graves situações, achou a lista da refeição um pouco limitada. Depois, não sabia preparar aquelas raízes, porque lhe faltava fogo.

Mas Paganel tirou-o de dificuldades, aconselhando-o simplesmente a que enterrasse os fetos e as batatas doces no solo.

A temperatura das camadas superiores é muito elevada, e um termômetro enterrado ali havia de indicar um calor de sessenta e cinco graus. Olbinett correu até perigo de se queimar seriamente, porque no momento em que acabava de fazer um buraco para enterrar as raízes, saiu da terra uma coluna de vapor.

O despenseiro caiu para trás assustado.

— Feche a torneiras! — bradou o major, que, ajudado pelos dois marinheiros, acudiu e encheu o buraco de pedra-pomes, ao mesmo tempo que Paganel, contemplando o fenômeno com singular expressão, murmurava as seguintes palavras:

— Isto! Ora! Mas porque não há de ser?

— Não está ferido? — perguntou Mac-Nabs a Olbinett.

— Não, senhor Mac-Nabs — respondeu Olbinett, — mas não esperava...

— Tantos benefícios do céu! — exclamou Paganel com ar feliz. — Depois da água e dos víveres de Kara-Tété, o fogo da terra! Mas esta montanha é um paraíso! Proponho que fundemos nela uma colônia, que a cultivemos estabelecendo-nos aqui para o resto dos nossos dias! Seremos os Robinsons do Maunganamu! Na verdade, não sei mais o que nos falta sobre este cone!

— Nada, se for sólido — replicou Mangles.

— Qual! Não é de ontem este monte — disse Paganel.

— Há de resistir à ação dos fogos interiores, e deve resistir até que nos vamos embora.

— O almoço está na mesa — anunciou Olbinett, com tanta gravidade como se estivesse no solar de Malcolm.

No mesmo instante os fugitivos, sentados próximo da paliçada, começaram a devorar uma dessas refeições que havia algum tempo a Providência tão exatamente lhes enviava nas mais graves conjunturas.

Ninguém reclamou da qualidade dos alimentos, mas as opiniões a respeito das raízes do feto comestível variaram. Uns acharam-lhes sabor doce e agradável, outros um gosto deveras insípido, e duro como pedra. As batatas doces, cozidas num solo ardente, eram excelentes. O geógrafo observou que a sorte de Kara-Tété não era para lastimar.

Depois da refeição, Glenarvan propôs que se discutisse um plano de fuga.

— Já? — exclamou Paganel, magoado. — Já pensa em abandonar este lugar de delícias?

— Em primeiro lugar sou de opinião — disse Glenarvan, — que devemos tentar uma fuga antes de sermos obrigados a isso pela fome. Não nos faltam forças, e é preciso aproveitá-las. Esta noite tentaremos chegar aos vales de leste atravessando o círculo dos indígenas, protegidos pelas trevas.

— Se os maoris nos deixarem passar... – replicou Paganel.

— E se nos impedirem? — perguntou Mangles.

— Ah! Nesse caso lançaremos mão de alguns recursos — respondeu Paganel.

— Dispõe de algum recurso? — perguntou o major.

— Muitos! — disse Paganel, sem se explicar mais.

Só havia que esperar a noite para tentarem a fuga.

Os indígenas não tinham arredado pé. As suas fileiras pareciam até terem engrossado com a chegada dos retardatários da tribo. Na base do cone as fogueiras formavam um cinto de fogo. Quando as trevas invadiram os vales subjacentes, o Maunganamu pareceu sair de um vasto braseiro, enquanto que o seu cume se perdia em densa sombra. A duzentos metros abaixo se sentiam a agitação, os gritos, o murmúrio do acampamento inimigo.

Às nove horas, a noite estava muito escura, e Glenarvan e Mangles resolveram fazer um reconhecimento, antes de meterem os companheiros por tão perigoso caminho. Desceram, sem fazer ruído, durante quase dez minutos, e tomaram por uma estreita aresta, vinte metros acima do acampamento.

Até ali tudo foi bem. Os maoris, estendidos junto das fogueiras, pareciam não descobrir os fugitivos, que deram mais alguns passos. Mas, de repente, à esquerda e à direita do cume dos rochedos, soaram descargas.

— Para trás! — exclamou Glenarvan. — Estes bandidos têm olhos de gato!

E acompanhado de Mangles, tornou a subir as íngremes escarpas do monte, sossegando os amigos assustados pelas detonações. O chapéu de Glenarvan fora atravessado por duas balas. Era, impossível percorrer a interminável crista entre duas fileiras de atiradores.

— Esperemos pelo dia de amanhã — disse Paganel, — e visto que não podemos iludir a vigilância dos indígenas, hão de me dar licença que lhes sirva um prato guisado à minha moda!

A temperatura estava bastante fria. Felizmente, Kara-Tété trouxera para o túmulo os melhores trajes de noite, em que todos se embrulharam sem escrúpulo, e dali a pouco os fugitivos, guardados pela superstição indígena, dormiam tranqüilamente ao abrigo das paliçadas sobre o solo tépido e agitado pelos fogos interiores.

15

OS RECURSOS DE PAGANEL

No dia seguinte, 17 de fevereiro, o sol acordou com os seus primeiros raios os sonolentos moradores do Maunganamu. Há bastante tempo que os maoris giravam em redor do cone, sem se afastarem da sua linha de observação. Furiosos clamores receberam a aparição dos europeus que saíam do recinto profanado.

Lançaram todos um olhar para as montanhas circunvizinhas, para os vales profundos ainda imersos no nevoeiro, para a superfície do lago Taupo, que o vento encrespava ligeiramente.

Depois, ávidos por conhecer os projetos de Paganel, reuniram-se em torno dele e interrogaram-no com o olhar.

Paganel satisfez logo a inquieta curiosidade dos seus companheiros.

— Meus amigos, o meu projeto é excelente porque, se não produzir o efeito que espero dele, se falhar até, a nossa situação não piora. Mas deve dar bom resultado.

— E que projeto é esse? — perguntou Mac-Nabs.

— A superstição fez desta montanha um lugar de asilo, e a superstição nos ajudará a sair daqui. Se conseguir convencer Kai-Kumu que fomos vitimas da nossa profanação, que a cólera celeste nos feriu, que padecemos uma morte terrível, acham que ele abandonará a chapada do Maunganamu e voltará para a aldeia?

— Certamente — respondeu Glenarvan.

— E qual é a morte horrível com que nos ameaça? — perguntou Lady Helena.

— A morte dos sacrílegos — respondeu Paganel. — As chamas vingadoras estão debaixo dos nossos pés. Vamos deixá-las sair.

— O que? Quer fazer um vulcão? — exclamou Mangles.

— Sim, um vulcão fictício, cujos furores dirigiremos! Temos aqui uma provisão de vapores e de fogos subterrâneos que só pedem para sair! Organizemos em nosso proveito uma erupção artificial!

— Bem imaginado, Paganel! — disse o major.

— Fingiremos — prosseguiu o geógrafo, — que fomos devorados pelas chamas, e que desaparecemos espiritualmente no túmulo de Kara-Tété, onde ficaremos três, quatro, cinco dias, se for preciso, até que os selvagens, convencidos da nossa morte, abandonem a montanha.

— E se eles vierem verificar o nosso castigo, se eles subirem à montanha?

— Não o farão, minha querida Mary — retorquiu Paganel. — A montanha está protegida pelo tabu, e depois de devorar os seus profanadores, mais rigoroso ainda será esse tabu!

— O projeto é muito bom — disse Glenarvan. — Há só uma probabilidade contra ele, e é que os selvagens teimem em permanecer tanto tempo junto do Maunganamu, que os víveres venham a faltar-nos. Mas é pouco provável isso, principalmente se representarmos bem o nosso papel.

— E quando tentaremos este último meio de salvação? — perguntou lady Helena.

— Esta noite mesmo — respondeu Paganel, — à hora em que a escuridão for mais densa.

— Combinado — replicou Mac-Nabs. — Paganel, o senhor é gênio! Ah, patifes! Vamos servir-lhes um pequeno milagre que retardará a sua conversão pelo menos um século! Que os missionários nos perdoem!

147

Estava aceito o projeto de Paganel, e tendo em vista as superstições maoris, devia ter bom resultado. Faltava a execução. Era boa a idéia, mas pô-la em prática tornava-se difícil. O novo vulcão não iria devorar os atrevidos que lhe abriam uma cratera? Seria possível dominar, dirigir a erupção, quando os seus vapores, as suas lavas, as suas chamas rebentassem? Não se sepultaria todo o cone em voragem de fogo?

Paganel previra tais dificuldades, mas tencionava agir com prudência. Bastava a aparência para enganar os maoris, e não a terrível realidade de uma erupção.

O dia pareceu bem longo, e todos contavam as horas intermináveis. Estavam prontos os preparativos da fuga. Os víveres tinham sido repartidos em pacotes de fácil transporte. Algumas esteiras e armas de fogo completavam a bagagem, tirada do túmulo do chefe. Todos estes preparativos foram feitos no recinto de estacas e sem que os selvagens vissem o que se passava.

Às seis horas o despenseiro serviu uma refeição reforçada. Onde e quando comeriam de novo, ninguém podia prever. Por isso trataram de jantar por conta do futuro. O prato principal compunha-se de meia dúzia de ratos grandes, apanhados por Wilson, e recheados. Lady Helena e Mary Grant recusaram obstinadamente provar aquela caça tão estimada na Nova Zelândia, mas os homens saborearam-na como verdadeiros maoris. A carne era deveras excelente, saborosa até, e os seis roedores foram roídos até aos ossos.

O crepúsculo chegou e o sol desapareceu por detrás de uma faixa de espessas nuvens de aparência tempestuosa. Iluminavam o horizonte alguns relâmpagos, e um trovão longínquo ribombava na profundidade do céu.

Paganel saudou a tempestade que vinha em auxílio dos seus desígnios e completava o cenário. Os grandes fenômenos da natureza impressionam muito os selvagens. Os zelandeses consideram o trovão como a voz irritada do seu

Nui-Atuá, e o relâmpago é apenas o fulgor dos seus olhos irados. Parecia, pois, que a divindade vinha pessoalmente castigar os profanadores do tabu.

Às oito horas o cume do Maunganamu desapareceu numa sinistra obscuridade. O céu proporcionava um fundo negro ao leque de chamas que a mão de Paganel ia abrir na amplidão.

Os maoris já não podiam ver os seus prisioneiros. Era chegado o momento!

Glenarvan, Paganel, Mac-Nabs, Robert, o despenseiro e os dois marinheiros, puseram mãos a obra.

O local da cratera foi escolhido a trinta passos do túmulo de Kara-Tété. Era preciso que o Udupa fosse respeitado pela erupção, porque senão desapareceria também o tabu da montanha. Naquele local, Paganel descobrira um enorme pedregulho, em torno do qual os vapores se expandiam com intensidade. O pedregulho cobria uma pequena cratera natural aberta no cone, e opunha-se com o seu peso à expansão das chamas subterrâneas. Se o tirassem, os vapores das lavas sairiam pela abertura desobstruída.

Com estacas arrancadas do interior do Udupa, os trabalhadores fizeram alavancas, e atacaram vigorosamente o rochedo. Sob o impulso dos seus esforços simultâneos, a pedra rapidamente cedeu. Abriram-lhe uma espécie de calha ao declive do monte, a fim de que ela pudesse escorregar por aquele plano inclinado. À medida que a levantavam, as trepidações do solo tornavam-se mais sensíveis.

Debaixo da crosta e correndo por toda ela, soavam rugidos de chamas e silvos de fornalhas acesas. Dali a pouco algumas fendas e jatos de ardente vapor avisaram-nos de que o local se tornava perigoso. Porém, um supremo esforço arrancou a pedra, que rolou pelo monte e desapareceu.

A camada cedeu. Uma coluna incandescente subiu aos ares, acompanhada de fortes detonações, ao mesmo tempo que regatos de água a ferver e de lava deslizaram na direção do acampamento e dos vales inferiores.

Glenarvan e os seus companheiros mal tiveram tempo de fugir da erupção, indo para o interior do Udupa, não sem terem sido alcançados por algumas gotas de água a ferver. Esta água espalhou a princípio um leve cheiro de metal derretido que pouco depois mudava para um cheiro muito intenso de enxofre.

Então os detritos vulcânicos confundiram-se num mesmo abrasamento. Torrentes de fogo sulcaram o Maunganamu. As montanhas próximas iluminaram-se com as chamas da erupção; os vales profundos apareceram subitamente iluminados por uma reverberação intensa.

Os selvagens levantaram-se, uivando, escaldados pelas lavas que ferviam em meio ao acampamento. Aqueles a quem o rio de fogo não alcançara, fugiam para as colinas circunvizinhas. Voltando-se apavorados, contemplavam o fenômeno aterrador, o vulcão em que a cólera do seu Deus sepultava os profanadores da montanha sagrada. Nos momentos em que enfraquecia o ruído da erupção, ouviam-nos soltar como um uivo o seu grito sacramental:

— Tabu! Tabu! Tabu!

Enorme quantidade de vapores e pedras inflamadas saía da cratera do Maunganamu. Não era um simples gêiser. Toda aquela supuração vulcânica contivera-se até ali sob a crosta do cone, porque as válvulas do Tonagariro não bastavam para a sua expansão; mas quando lhe abriram nova saída, arremessou-se por ela com violência extrema, e naquela noite, em virtude de uma lei de equilíbrio, as outras erupções deveriam perder a habitual intensidade.

Uma hora depois da estréia do vulcão, corriam pelas faldas da montanha grandes regatos de lava incandescente. Dos buracos, agora impossíveis de se habitarem viam-se sair bandos de ratos que fugiam do solo abrasado.

Durante toda a noite, e debaixo de tempestade desencadeada nas alturas, o cone funcionou com uma violência

Glenarvan e os seus companheiros mal tiveram tempo de fugir da erupção.

que inquietou Glenarvan. A erupção desmoronava as bordas da cratera.

Os prisioneiros, ocultos por detrás do recinto das estacas, acompanhavam os assustadores progressos daquele fenômeno.

Amanheceu. O furor vulcânico não diminuiu. Com as chamas misturavam-se espessos vapores avermelhados; por todos os lados serpenteavam torrentes de lava.

Glenarvan, com o olhar atento, o coração palpitante, espreitou o acampamento dos indígenas.

Os maoris tinham fugido para as alturas próximas, pondo-se fora do alcance do vulcão. Junto da base do cone estavam alguns cadáveres carbonizados. Mais longe, nas proximidades do pah, as lavas tinham alcançado umas vinte cabanas que ainda fumegavam. Os zelandeses, espalhados por diversos pontos, contemplavam com religioso terror o cume do Maunganamu, sobrepujado pelo seu penacho de fumaça e chamas.

Kai-Kumu tomou lugar entre os seus guerreiros. O chefe avançou até à base do cone, pelo lado livre das ondas de lava, mas não passou da primeira chapada do monte.

Aí, com os braços estendidos como um feiticeiro que exorciza, fez algumas caretas, cujo sentido não escapou aos prisioneiros. Como Paganel previra, Kai-Kumu lançava sobre a montanha vingadora um tabu mais rigoroso.

Dali a pouco os indígenas retiravam-se em fileira pelos caminhos sinuosos que iam ter ao pah.

— Partem! — exclamou Glenarvan. — Deus seja louvado! O plano funcionou. Querida Helena, valentes companheiros, eis-nos mortos eis-nos enterrados! Mas esta noite ressuscitaremos, sairemos do túmulo, fugiremos destas bárbaras povoações!

A alegria se espalhou no Udupa. A esperança renascera em todos os corações. Os corajosos viajantes esqueciam o passado, esqueciam o futuro, para só pensarem no presente! E, contudo, não era fácil chegar a algum estabelecimento europeu, em meio daquelas regiões desconhecidas. Mas, desorientando Kai-Kumu, julgavam-se livres de todos os selvagens da Nova Zelândia!

Deixaram passar ainda um dia. Empregaram-no em discutir um plano de fuga. Paganel conservava cuidadosamente consigo o mapa da Nova Zelândia e pôde procurar nele os caminhos mais seguros.

Depois de discutirem, os fugitivos resolveram encaminhar-se para leste na direção da baía Plenty. Atravessariam regiões desconhecidas, mas provavelmente desertas. Habituados já a enfrentarem dificuldades naturais, a vencerem obstáculos físicos, os viajantes só temiam o encontro dos maoris. Queriam evitá-los a todo o custo e alcançar a costa oriental, onde os missionários fundaram alguns estabelecimentos. Demais, aquela porção da ilha escapara até então aos desastres da guerra.

A distância que separava o lago Taupo da baía Plenty era de cento e sessenta quilômetros. Eram dez dias de marcha na razão de dezesseis quilômetros por dia. Não seria fácil tal jornada, mas naquele bando intrépido ninguém reclamava. Chegando às missões, aí descansariam, aguardando alguma ocasião favorável de partir para Auckland, porque era nesta cidade que eles desejavam chegar.

Resolvidos estes pontos, continuaram a vigiar os indígenas até à noite. Não restava um só junto da base da montanha, e quando a noite invadiu os vales do Taupo, nenhum fogo denunciou a presença dos maoris. Estava livre o caminho.

Às nove horas, a noite estava escura e Glenarvan deu o sinal de partir. Equipados e armados à custa de Kara-Tété começaram a descer com cuidado as rampas do Maunganamu. Mangles e Wilson iam à frente, atentos. Paravam ao menor ruído, ao menor clarão. Deixavam-se por assim dizer escorregar pelo declive do monte para melhor se confundirem com ele.

Trezentos metros abaixo do cume, Mangles e o marinheiro chegaram à perigosa aresta defendida obstinadamente pelos indígenas. Se por desgraça os maoris, mais astutos que os fugitivos, houvessem fingido uma retirada para os atrair ao alcance dos seus tiros, se o fenômeno vulcânico os não tivesse iludido, era naquele local que a sua presença se revelaria. Apesar de toda a sua confiança e a despeito dos gracejos de Paganel, Glenarvan não pôde deixar de estremecer. A salvação dos seus ia ser posta em jogo durante os dez minutos necessários para percorrer a aresta. Sentia bater o coração de lady Helena, pendurada em seu braço.

Não pensava em recuar, e John ainda menos. Seguido de todos e protegido por uma escuridão completa, caminhou rapidamente pela estreita aresta, parando quando alguma pedra rolava até à chapada. Se os selvagens estivessem emboscados na parte inferior, aqueles ruídos poderiam provocar de um e de outro lado uma temível descarga.

Ao caminharem de rastos sobre a aresta inclinada, os fugitivos não avançavam rapidamente. Quando Mangles chegou ao ponto mais baixo, apenas sete metros o separavam da chapada onde na véspera acampavam os indígenas; depois a aresta formava na extensão de um quilômetro uma subida íngreme em cuja extremidade havia um matagal.

A parte inferior foi atravessada sem acidente, e os viajantes começaram a realizar a ascensão em silêncio. Não se avistava o matagal, mas era conhecida a sua existência naquele ponto, e se ali não estivesse preparada alguma emboscada, Glenarvan esperava achar nele um lugar de asilo. Contudo, observou que a partir daquele momento deixava de estar protegido pelo tabu. A aresta que subia não fazia parte do Maunganamu, mas do sistema orográfico que eriçava a parte oriental do lago Taupo.

Era de recear não só os tiros dos indígenas, mas também uma luta corpo a corpo.

Pelo espaço de dez minutos o pequeno bando elevou-se para as chapadas superiores. John não divisava ainda o sombrio matagal, mas devia estar a menos de sessenta metros de distância dele.

De repente parou e recuou. Pareceu-lhe surpreender algum ruído na sombra. A sua hesitação deteve a marcha dos companheiros.

Permaneceu imóvel o tempo suficiente para inquietar os que o seguiam. Pararam todos, angustiados! Teriam de voltar para trás e de tornar a subir o monte Maunganamu?

Vendo, porém, que o ruído não se repetia, John tornou a tentar a ascensão do estreito caminho da aresta.

Pouco depois a espessura delineou-se vagamente na escuridão. Bastaram poucos passos para a alcançarem, e os fugitivos ocultaram-se sob a espessa folhagem das árvores.

16
ENTRE DOIS FOGOS

A noite favorecia a fuga, e era preciso aproveitá-la para saírem daquelas funestas paragens do lago Taupo. Paganel tomou a direção do pequeno bando, e o seu maravilhoso instinto de viajante novamente se revelou durante esta difícil peregrinação pelas montanhas.

Durante três horas marcharam sem descanso pelas rampas suaves da vertente oriental. Paganel inclinava-se um pouco para sueste, a fim de alcançar uma pequena passagem aberta entre os Kaimanawa e os Waihiti-Ranges, pela qual corre a estrada de Auckland à baía Haukes. Depois de atravessar este desfiladeiro, esperava afastar-se do caminho trilhado, e abrigado pelas altas cordilheiras, encaminhar-se para a costa através das regiões desabitadas da província.

Quando eram nove horas da manhã, depois de uma marcha de doze horas, tinham feito doze quilômetros. Não se podia exigir mais daquelas mulheres intrépidas. Demais, o local pareceu conveniente para um acampamento. Os fugitivos tinham chegado ao desfiladeiro que separa as duas cordilheiras. A estrada de Oberland ficava à direita e tomava a direção sul. Paganel, com o mapa na mão, virou para nordeste, e às dez horas a pequena caravana chegou a uma saliência da montanha.

A parada prolongou-se até às duas horas da tarde, e depois os viajantes tornaram a tomar a direção leste, parando a quarenta e cinco quilômetros das montanhas. Não lhes foi custoso dormir ao ar livre.

No dia seguinte, o caminho apresentou dificuldades sérias. Foi preciso atravessar o curioso distrito dos lagos vulcânicos e dos gêiseres que se estende à leste dos Waihiti-Ranges. Os olhos sentiram-se mais satisfeitos do que as pernas. De meio em meio quilômetro eram desvios, obstáculos, rodeios, na verdade fatigantes, mas que extraordinário espetáculo e que infinita variedade não oferece a natureza em tão grandiosas cenas!

Naquele vasto espaço de trinta quilômetros quadrados, a expansão das forças subterrâneas manifestava-se sob todas as formas. Nascentes salinas de admirável transparência, povoadas de miríades de insetos, saíam de entre a espessura das árvores. Recendiam um cheiro penetrante de pólvora queimada, e depositavam no solo uma espécie de resíduo branco parecendo neve. As suas águas límpidas estavam quase em ebulição, ao mesmo tempo que as de outras nascentes vizinhas se desdobravam em lençóis de água nevada. Nas proximidades cresciam fetos gigantescos.

Por todos os lados, jatos líquidos envoltos em redemoinho de vapores, esguichavam do solo como os repuxos de um jardim, uns contínuos, outros intermitentes. Sobrepondo-se nos terraços formados pela natureza, as suas águas confundiam-se pouco a pouco sob as volutas de fumaça esbranquiçada, e desmoronando de degraus quase diáfanos daquelas imensas escadarias, alimentavam verdadeiros lagos com as suas ferventes cascatas.

Mais adiante, às nascentes de água a ferver sucederam-se as sulfatas. O solo apareceu todo empolado por grandes pústulas. Eram outras tantas crateras meio extintas e gretadas de numerosas fendas pelas quais saíam diversos gases. A atmosfera estava saturada do cheiro penetrante e desagradável dos ácidos sulfurosos. O enxofre formando crostas, cobria o solo. Durante muitos séculos ali se acumulavam riquezas estéreis e incalculáveis, e é a este distrito ainda pouco conhecido da Nova Zelândia que a indústria virá decerto abastecer-se, se as minas de enxofre da Sicília se esgotarem.

O cansaço dos viajantes foi enorme, ao atravessarem região tão cheia de obstáculos. Tornava-se difícil acamparem, e os caçadores não encontravam uma ave digna de ser depenada pelas mãos de Olbinett. Tiveram por isso muitas vezes de se contentar com os fetos e as batatas doces, mesquinhos alimentos que não restauravam as forças da pequena caravana. Todos tinham pressa de sair daqueles terrenos áridos e desertos.

Foram necessários nada menos do que quatro dias para percorrer tão intransitável região. Só no dia 23 de fevereiro, a oitenta quilômetros de distância do Maunganamu, é que Glenarvan pôde acampar ao pé de um monte anônimo indicado na carta de Paganel. Em frente estendiam-se planícies cobertas de arbustos, e no horizonte reapareciam as grandes florestas. Até ali os viajantes não tinham encontrado a sombra de um indígena.

Naquele dia Mac-Nabs e Robert mataram três kiwis que honrosamente figuraram na mesa do acampamento, mas, para dizer a verdade, não por muito tempo, porque foram completamente devorados em poucos minutos.

Durante a sobremesa, Paganel teve uma idéia, que foi acolhida com entusiasmo. Propôs que se desse o nome de Glenarvan à montanha sem nome cujo cume se elevava a mil metros nos ares, e apontou com todo o cuidado no mapa o nome do lorde escocês.

Insistir nos incidentes bastante monótonos e poucos interessantes que assinalaram o resto da viagem, é inútil. Só dois ou três fatos de alguma importância sucederam na viagem desde os lagos até ao oceano Pacífico.

Caminhavam todo o dia através das florestas e das planícies. John guiava-se pelo sol e pelas estrelas. O céu, poupava-os a calores e chuvas. Apesar disso, um cansaço que ia sempre aumentando devorava os viajantes, já fartos de privações cruéis, e que tinham pressa de chegar às missões.

Conversavam, entretinham-se ainda, mas não de um modo tão geral. A pequena caravana dividia-se em grupos,

Nascentes salinas de admirável transparência, povoadas de miríades de insetos, saíam de entre a espessura das árvores.

entre os quais reinava, não uma estreita simpatia, mas uma comunhão de idéias mais pessoais.

A maior parte das vezes, Glenarvan caminhava sozinho e pensava, à medida que se aproximava da costa, no *Duncan* e na sua tripulação. Esquecia os perigos que ainda o ameaçavam até Auckland para só se lembrar dos seus marinheiros assassinados. Tão horrível quadro não lhe saía da mente.

Já não falavam de Harry Grant. Para que, se nada se podia tentar em favor dele? Se ainda alguma vez se proferia o nome do capitão, era nas conversas da filha e de John Mangles.

John não lembrara à jovem o que ela lhe dissera na última noite do Waré-Atuá. Por discrição não queria levar a sério uma palavra pronunciada num momento de desespero.

Quando falava de Harry Grant, John fazia ainda projeto de pesquisas futuras. Afirmava a Mary Grant que lorde Glenarvan recomeçaria as procuras. Partia do princípio que a autenticidade do documento não podia ser posta em dúvida. Harry Grant existia por força nalguma parte. Era preciso revolver o mundo inteiro, porque o deviam achar. Mary embriagava-se com tais palavras, e ela e John, unidos nos mesmos pensamentos, confundiam agora as almas numa mesma esperança. Muitas vezes lady Helena tomava parte na sua conversação, mas não se entregava a tantas ilusões, se bem que não chamava os dois jovens à triste realidade.

Mac-Nabs, Robert, Wilson e Mulrady, caçavam sem se afastarem muito da pequena caravana, e cada qual fornecia o produto do seu esforço.

Paganel, sempre enrolado no seu manto, conservava-se à parte, pensativo e silencioso.

Mas, — deve-se dizer, — apesar da lei da natureza que faz com que no meio das provações, dos perigos, das fadigas, das privações, os melhores caracteres se exacerbem e azedem, todos estes companheiros de infortúnio permaneceram unidos, cheios de mútua dedicação, prontos a morrer uns pelos outros.

No dia 25 de fevereiro encontraram no caminho um rio que devia ser o Waikari do mapa de Paganel. Puderam atravessá-lo tranqüilamente.

Durante dois dias as planícies povoadas de arbustos sucederam-se sem interrupção. Metade da distância que separa o lago Taupo da costa fora atravessada sem grandes perigos, embora com enorme cansaço.

Apareceram então imensas, intermináveis florestas que lembravam as florestas australianas; aqui, porém, os kauris substituíam os eucaliptos. Apesar de haverem gastado a sua admiração durante os quatro meses que durava a viagem, Glenarvan e os seus companheiros ainda se sentiram maravilhados à vista dos pinheiros gigantescos, dignos rivais dos cedros do Líbano. Os kauris, ou na língua do botânico, as "abietáceas damarinas", medem trinta metros de altura desde o solo até os primeiros galhos. Cresciam em grupos, afastados uns dos outros, e a floresta compunha-se não de árvores, mas de numerosos grupos de árvores.

Alguns dos pinheiros, novos ainda, isto é, com cem anos apenas, pareciam-se com os pinheiros vermelhos das regiões européias. A sua copa era em forma de coroa sombria, terminada por um cone agudo. Os pinheiros mais velhos, árvores de cinco a seis séculos de idade, formavam imensas barracas de verdura, sustentadas pelas bifurcações dos ramos. Aqueles patriarcas da floresta zelandesa mediam quase quinze metros de circunferência, e os braços reunidos de todos os viajantes não podiam rodear o seu tronco gigantesco.

Durante três dias, a pequena caravana sob aquelas árvores imensas e sobre um solo argiloso que o pé do homem nunca trilhara. Percebia-se isso pelos montes de goma resinosa acumulada em muitos lugares, junto dos kauris, e que por longos anos poderia alimentar a exportação indígena.

Os caçadores encontraram bandos numerosos de kiwis, tão raros nas regiões freqüentadas pelos maoris. É nas florestas inacessíveis que se refugiam aquelas aves curiosas caçadas pelos cães zelandeses. Forneceram aos viajantes uma alimentação abundante.

Naquela noite, 1º de março, Glenarvan e os seus companheiros, abandonando por fim a imensa floresta de kauris, acamparam junto do monte Ikirangi, cujo cimo ficava a mil e setecentos metros de altura.

Desde o Maunganamu tinham sido percorridas quase cento e sessenta quilômetros, e a costa ficava ainda a cinqüenta quilômetros de distância. Mangles esperava realizar a viagem em dez dias, porque ignorava as dificuldades que aquela região oferecia.

Com efeito, os rodeios, os obstáculos do caminho, tinham aumentado a duração da viagem na quinta parte do que devia ser, e infelizmente os viajantes, ao chegarem ao monte Ikirangi, estavam exaustos.

Eram precisos ainda dois dias de marcha para chegarem à costa e agora tornavam-se indispensáveis nova atividade e extrema vigilância, porque se entrava numa região muitas vezes freqüentada pelos naturais.

Contudo, fizeram todos um esforço, e no dia seguinte a pequena caravana tornou a pôr-se a caminho ao romper do dia.

Entre o monte Ikirangi, que deixavam à direita, e o monte Hardy, cujo cume se elevava à esquerda a uma altura de mil e duzentos metros, a viagem tornou-se muito penosa. No meio destes dois montes corria uma planície de quinze quilômetros eriçada de uma espécie de laços flexíveis, com muita razão chamadas "cipós sufocantes". A cada passo embaraçavam-se neles os braços e as penas, e os tais cipós, verdadeiras serpentes, envolviam o corpo dos viajantes com as suas tortuosas roscas. Durante dez dias, foi preciso avançar de machado em punho e lutar contra aquelas plantas molestas e teimosas, que Paganel de bom grado classificaria entre os zoófitos.

Nestes plainos tornou-se impossível caçar. As provisões escasseavam, e não era possível renová-las; faltava também a água, e já não podiam saciar uma sede exacerbada pelas fadigas.

Então os sofrimentos de Glenarvan e dos seus tornaram-se horríveis, e pela primeira vez a energia moral esteve quase a abandoná-los.

Afinal, de rastos, porque já não podiam andar, corpos sem alma, unicamente animados do instinto da conservação que sobrevivia a qualquer outro sentimento, chegaram à ponta Lottin, na costa do Pacífico.

Viam-se ali algumas cabanas desertas, ruínas de uma aldeia recentemente devastada pela guerra.

Aqui reservava a fatalidade nova e terrível provação aos infelizes viajantes.

Vagueavam pela praia quando, a um quilômetro da costa, apareceu um bando de indígenas que correu para eles, agitando as armas. Glenarvan, metido entre os indígenas e o mar, não podia fugir, e reunindo as suas últimas forças, ia lutar, quando Mangles exclamou:

— Uma canoa, uma canoa!

De fato, a vinte passos uma piroga, guarnecida por seis remos, estava encalhada na praia. Colocá-la na água, lançarem-se dentro e fugirem da perigosa praia, foi questão de instantes. Mangles, Mac-Nabs, Wilson e Mulrady empunharam os remos; Glenarvan encarregou-se do leme; as mulheres, Olbinett e Robert estenderam-se junto dele.

Em dez minutos achava-se a piroga a meio quilômetro ao largo. O mar estava calmo. Os fugitivos guardavam profundo silêncio.

Como não quisesse afastar-se da costa, John ia dar ordem para navegar ao longo dela, quando o remo lhe parou subitamente nas mãos.

Acabava de avistar três pirogas que desembocavam da ponta Lottin, com a intenção evidente de lhes darem caça.

— Ao largo! Ao largo! — bradou ele.

A piroga, movida pelos quatros remadores, fez-se ao largo. Durante uma hora pôde conservar a dianteira; mas os

163

desgraçados, exaustos, não tardaram a afrouxar o primeiro impulso, e as três pirogas ganharam-lhes sensível distância. Quatro quilômetros apenas os separavam dos seus perseguidores. Não havia nenhuma probabilidade de evitar o ataque dos indígenas que, armados de compridas espingardas, se preparavam para atirar.

O que fazia Glenarvan? Em pé na popa da canoa procurava algum socorro impossível. O que esperava? Que queria? Teria algum pressentimento?

De repente seu olhar iluminou-se, e estendeu a mão para certo ponto do espaço.

— Um navio! — exclamou ele. — Meus amigos, um navio! Remem, remem! Força!

Nenhum dos quatro remadores se voltou para ver o navio inesperado, porque era preciso não perder um momento. Só Paganel, levantando-se, apontou o óculo de alcance para o ponto indicado.

— Um navio! Um vapor! Navega com toda a força! Dirige-se para nós! Força, valentes camaradas! — disse ele.

Os fugitivos ganharam nova energia, e durante mais meia hora, mantendo a mesma distância, remaram com vigor. O vapor tornava-se cada vez mais visível. Distinguiam-se-lhe os dois mastros com todo o pano ferrado e os grandes rolos de fumaça negra. Glenarvan, entregando o leme a Robert, pegara o óculo do geógrafo e não perdia um movimento do vapor.

Mas o que não deviam pensar Mangles e os seus companheiros quando viram as feições do lorde contraírem-se, empalidecer-lhe o rosto e cair-lhe das mãos o óculo. Bastou uma simples palavra para lhes explicar tão repentino desespero.

— O *Duncan*! — exclamou Glenarvan. — O *Duncan* e os piratas!

— O *Duncan!* — exclamou John, largando o remo e levantando-se.

— Sim, a morte por dois lados! — murmurou Glenarvan, aniquilado por tantos contratempos.

Não havia dúvida, era efetivamente o navio com a sua tripulação de bandidos! O major não pôde conter uma maldição contra o céu. Era muito!

A piroga ficara abandonada a si mesma. Para onde dirigi-la? Para onde fugir? Era possível escolher entre os selvagens e os convictos?

Da embarcação indígena mais próxima partiu um tiro de espingarda que veio bater no remo de Wilson. Algumas remadas impeliram a piroga para o *Duncan*.

O navio navegava a todo o vapor e estava apenas a meio quilômetro. Com a retirada cortada por todos os lados, John Mangles não sabia como manobrar, em que direção fugir. As duas pobres mulheres, ajoelhadas, oravam.

Os selvagens atiravam, e as balas choviam em roda da piroga. De repente soou uma formidável detonação, e uma bala arremessada pela peça do navio passou sobre a cabeça dos fugitivos. Estes, colhidos entre dois fogos, ficaram imóveis entre o *Duncan* e as canoas indígenas.

Louco de desespero, Mangles pegou o machado. Ia fazer um rombo na piroga e naufragar com os seus infelizes companheiros quando o deteve um grito de Robert.

— Tom Austin! Tom Austin! — dizia o jovem. — Está a bordo! Eu o vejo! Reconheceu-nos! Agita o chapéu!

O machado ficou suspenso do braço de John.

Uma segunda bala sibilou-lhe por cima da cabeça e veio cortar em duas a mais próxima das três pirogas, ao mesmo tempo que estrondosas aclamações se elevavam a bordo do *Duncan*.

Os selvagens, espantados, fugiam para terra.

— Socorro, Tom! — Bradara Mangles com voz vibrante.

E dentro de poucos instantes os dez fugitivos, sem saberem como, sem nada compreenderem do que se passava, estavam em segurança a bordo do *Duncan*.

17
POR QUE O *DUNCAN* ESTAVA NA COSTA DA NOVA ZELÂNDIA

Impossível descrever o que sentiram Glenarvan e os seus amigos quando lhes chegaram aos ouvidos os cantos da velha Escócia. No momento em que punham pé na tolda do *Duncan* o *bag-piper*, enchendo de vento a sua gaita de fole, entoava o canto nacional do clã de Malcolm, e vigorosas aclamações saudavam o regresso do lorde a bordo do seu navio.

Glenarvan, Mangles, Paganel, Robert, o próprio major, todos choravam e se abraçavam. A primeira expansão foi de alegria, de delírio. O geógrafo estava como doido; dava grandes pernadas, e assestava o seu inseparável óculo sobre as últimas pirogas que fugiam para terra.

Mas à vista de Glenarvan, dos seus companheiros, dos trajes em pedaços, dos rostos cavados e com todos os indícios dos mais horríveis sofrimentos, a tripulação interrompeu as suas demonstrações festivas. Eram espectros que voltavam a bordo, e não os alegres e destemidos viajantes que três meses antes procuravam cheios de esperança os rastos dos náufragos. O acaso, só o acaso os fazia regressar àquele navio que já não esperavam tornar a ver! E em que triste estado de fraqueza e miséria não apareciam!

Antes de pensar na fadiga, nas imperiosas necessidades da fome e da sede, Glenarvan interrogou Tom Austin a respeito da sua presença em tais paragens.

Por que razão se achava o *Duncan* na costa oriental da Nova Zelândia? Por que não estava em poder de Ben Joyce? Que providencial fatalidade o trouxera ao encontro dos fugitivos?

— E os piratas? — perguntou Glenarvan. — O que fez dos piratas?

— Os piratas?... — respondeu Tom Austin, no tom de quem não compreende coisa alguma da pergunta que se lhe faz.

— Sim, os miseráveis que atacaram o navio?

— Que navio? — replicou Tom Austin. — O *Duncan*?

— Sim, Tom! O *Duncan*, e Ben Joyce?

— Não conheço esse Ben Joyce, nunca o vi — respondeu Tom Austin.

— Nunca! — exclamou Glenarvan, estupefato com as respostas do velho marinheiro. — Então, Tom, por que razão o *Duncan* está nas costas da Nova Zelândia?

Se Glenarvan, lady Helena, Mary, Paganel, o major, Robert, Mangles, Olbinett, Mulrady e Wilson nada compreendiam da admiração do velho marinheiro, qual não foi a sua estupefação quando Tom replicou com voz sossegada:

— Mas, milorde, o *Duncan* cruza aqui por ordens do senhor.

— Por minha ordem! — exclamou Glenarvan.

— Sim, milorde. Não fiz mais do que seguir as instruções contidas na sua carta de 14 de janeiro.

— Na minha carta! — exclamou Glenarvan.

Neste momento os viajantes rodeavam Austin e devoravam-no com o olhar. A carta datada de Snowy-River ao *Duncan*?

— Explique tudo, porque me parece que sonho. Recebeu uma carta, Tom? — prosseguiu Glenarvan.

— Sim, uma carta assinada pelo senhor.

— Em Melbourne?

— Em Melbourne, exatamente quando acabava de reparar as minhas avarias.

167

— E essa carta?...

— Era assinada pelo senhor, milorde.

— É isso mesmo. E foi-lhe entregue por um bandido chamado Ben Joyce.

— Não, por um marinheiro chamado Ayrton, contramestre da *Britannia*.

— Sim! Ayrton e Ben Joyce são o mesmo indivíduo. Mas, o que dizia a carta?

— Dava-me ordem de largar imediatamente de Melbourne e vir cruzar na costa oriental da...

— Austrália! — exclamou Glenarvan, com uma veemência que perturbou o velho marinheiro.

— Da Austrália, Tom! Da Austrália! — disseram a uma voz os companheiros de Glenarvan.

Tom Austin sentiu uma espécie de tontura. Glenarvan falava-lhe com tal segurança que receou ter-se enganado quando lera a carta. Ele, o fiel e rigoroso marinheiro, teria cometido semelhante erro? Corou, perturbou-se.

— Calma, Tom — disse lady Helena, — a Providência quis...

— Mas não, milady, perdoe-me — replicou o velho Tom. — Não, não me enganei! Ayrton leu a carta como eu a li, e era ele que, pelo contrário, queria que navegasse para a costa australiana!

— Ayrton? — exclamou Glenarvan.

— Ele mesmo! Sustentou que era um erro, que o lorde me designara a baía Twofold para nos encontrarmos!

— Tem ainda a carta, Tom? — perguntou o major, confuso.

— Sim, major — respondeu Austin. — Vou buscá-la.

Austin correu para o seu camarote do castelo da proa. Enquanto isso, os viajantes olhavam todos uns para os outros sem proferirem palavra, exceto o major que, com o olhar fixo em Paganel, disse, cruzando os braços:

— Na verdade, deve-se confessar que seria muito forte!

— O que? — exclamou o geógrafo que, todo curvado e com os óculos puxados para a testa, parecia um gigantesco ponto de interrogação.

Austin voltou, trazendo na mão a carta escrita por Paganel e assinada por Glenarvan.

— Leia, senhor — disse o velho marinheiro.

Glenarvan pegou na carta e leu:

"Ordeno a Tom Austin para se fazer ao mar sem demora e conduzir o *Duncan* à costa oriental da Nova Zelândia..."

— Para a Nova Zelândia! — exclamou Paganel, dando um pulo.

E tirou a carta das mãos de Glenarvan, esfregou os olhos, puxou os óculos para o nariz e leu-a também.

— Nova Zelândia! — exclamou perplexo, ao mesmo tempo em que a carta lhe escapava dos dedos.

Naquele momento sentiu alguém cutucá-lo. Endireitou-se e deu de cara com o major.

— Vamos lá, meu bom Paganel — disse Mac-Nabs com ar muito grave, — é uma sorte que não mandasse o *Duncan* para a Cochinchina!

Este gracejo acabou de derrotar o pobre geógrafo. A tripulação do navio deu uma gargalhada geral. Paganel, pôs-se a andar de um lado para o outro, como doido, e levando as mãos à cabeça começou a arrancar os cabelos. Não sabia o que fazia e muito menos o que pretendia. Desceu maquinalmente pela escada do tombadilho; percorreu a tolda e caminhando em frente sem direção determinada, subiu ao castelo da proa. Aí, os pés embaraçaram-se-lhe num montão de cabos. Vacilou. Ao acaso, pegou uma corda.

Soou uma súbita detonação. A peça da proa disparou e uma chuva de metralha agitou as tranquilas ondas. O desventurado Paganel agarrara-se à corda da peça carregada ainda, disparando-a. Daí a detonação. O geógrafo caiu pela escada de proa e desapareceu pelas escotilhas, indo ter ao alojamento.

À surpresa produzida pelo tiro sucedeu um grito de terror. Julgaram ter acontecido alguma desgraça. Dez marinheiros precipitaram-se na coberta e trouxeram para cima um Paganel aterrado. O geógrafo perdera a fala.

Transportaram o corpo para o tombadilho. Os companheiros do bom francês estavam desesperados. Sempre médico nas grandes ocasiões, o major preparava-se para despir o pobre Paganel, a fim de lhe limpar as feridas; mal, porém, pôs a mão no moribundo, levantou-se este, como se tivesse levado um choque.

— Nunca! Nunca! — exclamou ele; e apertando o manto contra o corpo, abotoou-se com uma vivacidade singular.

— Mas, Paganel — disse o major.

— Não! – repetiu o geógrafo

— É preciso examinar...

— Não deixarei que me examinem

— Mas pode ter fraturado... — replicou Mac-Nabs.

— O que eu fraturei, o carpinteiro consertará! – interrompeu-o Paganel.

— O que foi então?

— O prumo do alojamento, que se quebrou na minha queda.

E a esta resposta, ninguém pôde conter outra gargalhada. Como Paganel saíra são e salvo desta aventura, todos os seus amigos se tranqüilizaram.

Paganel, já sossegado de todas as suas grandes comoções, teve ainda que responder a uma pergunta que não podia evitar.

— Agora, Paganel — disse Glenarvan, — responda francamente. Reconheço que a sua distração foi providencial. Se não fosse o senhor, com certeza o *Duncan* cairia nas mãos dos piratas, e tornaríamos a ser apanhados pelos maoris. Mas, por Deus, diga-me por que singular associação de idéias, escreveu Nova Zelândia em vez de Austrália?

— Ora! — exclamou Paganel. – Foi, foi...

Mas neste momento o seu olhar dirigiu-se para Robert e Mary Grant, e estacou. Passado um instante respondeu:

— Ora, meu caro Glenarvan, sou um insensato, um doido, uma criatura incorrigível, e hei de morrer com a fama de homem mais distraído...

— Desde que não o esfolem — acrescentou o major.

— Esfolar-me! — exclamou o geógrafo com ar furibundo. — É uma alusão?...

— Que alusão, Paganel? — perguntou Mac-Nabs com a sua voz tranqüila.

O incidente não teve conseqüências. Estava esclarecido o mistério da presença do *Duncan*; os viajantes tão milagrosamente salvos não se lembraram de mais nada senão de se recolherem aos seus excelentes camarotes e almoçarem.

Deixando lady Helena e Mary Grant, o major, Paganel e Robert subiram para o tombadilho, Glenarvan e Mangles retiveram Tom Austin. Queriam interrogá-lo ainda.

— Agora, meu velho Tom — disse Glenarvan, — responda-me. Não lhe pareceu extraordinária a ordem para ir cruzar nos mares da Nova Zelândia?

— Decerto — respondeu Austin, — fiquei surpreso, mas não tenho por costume discutir as ordens, e obedeci. Poderia proceder de outro modo? Se, por não ter cumprido à risca suas ordens e acontecesse uma catástrofe, não seria o culpado? Agiria de outro modo, capitão?

— Não, Tom — respondeu Mangles.

— Mas o que pensou? — perguntou Glenarvan.

— Pensei que, para interesse de Harry Grant, era preciso ir onde me mandavam, e que, em virtude de novas combinações, algum navio o havia transportar à Nova Zelândia, e que eu devia esperá-los na costa oriental da ilha. Demais, quando larguei de Melbourne, guardei o segredo do meu destino, a tripulação só o conheceu quando já estávamos em mar aberto, quando as terras da Austrália já tinham desaparecido a nossos olhos. Mas então um incidente que se deu a bordo deixou-me perplexo.

— O que foi, Tom? — perguntou Glenarvan.

— É que Ayrton — respondeu Tom Austin, — no dia seguinte ao da partida, quando soube o destino do *Duncan*...

— Ayrton? — exclamou Glenarvan. — Ele está a bordo?

— Sim, milorde.

— Ayrton aqui! — repetiu Glenarvan, olhando para Mangles.

— Deus o quis! — replicou o capitão.

Com a rapidez do relâmpago, o procedimento de Ayrton, a sua traição que tanto tempo levara a preparar, a ferida de Glenarvan, o atentado contra Mulrady, as misérias da expedição detida nos pântanos do Snowy, todo o passado do miserável surgiu à vista daqueles dois homens. E agora, por uma singular circunstância, o antigo degredado achava-se em poder deles.

— Onde ele está? — perguntou Glenarvan com vivacidade.

— Num camarote do castelo da proa e vigiado.

— Porque o prenderam?

— Porque Ayrton, quando viu o que o navio seguia rumo à Nova Zelândia, teve um acesso de furor, quis obrigar-me a mudar a direção do navio, ameaçou-me, e finalmente excitou a minha gente à revolta. Compreendi que era homem perigoso e tive de tomar precauções contra ele.

— E desde então?

— Desde então? Tem estado no seu camarote sem tentar sair.

— Muito bem, Tom.

Glenarvan e Mangles foram chamados ao tombadilho. O almoço estava preparado; tomaram lugar à mesa mas não disseram palavra a respeito de Ayrton.

Terminada a refeição, quando os convivas, restauradas as forças, se acharam reunidos no convés, Glenarvan anunciou-lhes a presença do contramestre a bordo. Ao mesmo tempo declarou que tinha tenção de o fazer comparecer à sua presença.

— Posso deixar de assistir a esse interrogatório? — perguntou lady Helena. — Confesso que a visão desse desgraçado seria muito penosa para mim.

— É uma confrontação, Helena — respondeu lorde Glenarvan. — Fique, peço-lhe. Convém que Ben Joyce se veja face a face com todas as suas vítimas!

Lady Helena deixou-se vencer por esta observação. Juntamente com Mary Grant, esperou junto a Glenarvan. Também ali se reuniram o major, Paganel, Mangles, Robert, Wilson, Mulrady e Olbinett, todos gravemente comprometidos pela traição do bandido. A tripulação do navio, sem compreender a gravidade desta cena, guardava silêncio.

— Mande vir Ayrton — disse Glenarvan.

18
AYRTON OU BEN JOYCE?

Ayrton apareceu. Atravessou a coberta com passo firme e subiu a escada do tombadilho. Tinha o olhar sombrio, dentes cerrados, punhos fechados convulsamente. Quando se achou em presença de lorde Glenarvan, cruzou os braços, mudo e sereno, esperando que o interrogassem.

— Ayrton — disse Glenarvan, — eis aqui todos os que queria entregar ao bando de Ben Joyce!

A estas palavras, os lábios do contramestre tremeram levemente. Um rápido rubor coloriu-lhe as feições impassíveis. Não era, porém, o rubor do remorso, mas da vergonha do fracasso. Naquele navio onde queria mandar como senhor, estava prisioneiro, e a sua sorte ia ser decidida em poucos instantes.

Mas nada disse. Glenarvan esperou pacientemente que ele o fizesse. Ayrton obstinava-se em guardar silêncio absoluto.

— Fale, Ayrton, tem algo a dizerr? — prosseguiu Glenarvan.

Ayrton hesitou; mas, com voz tranqüila e cheia de firmeza, exclamou:

— Nada tenho a dizer. Fiz a tolice de me deixar agarrar. Aja como quiser.

Dada esta resposta, o contramestre dirigiu o olhar para a costa ao ocidente e fingiu indiferença por tudo o que se passava em volta dele. Glenarvan resolvera, porém, ser paciente. Um poderoso interesse o levava a querer conhecer certas particularidades da misteriosa existência de Ayrton, principalmente o que dizia respeito a Harry Grant e à *Britannia*. Prosseguiu, portanto, no interrogatório, falando contidamente.

— Suponho, Ayrton, que não recusará responder a certas perguntas. Em primeiro lugar, devo chamá-lo Ayrton ou Ben Joyce? Foi ou não contramestre a bordo da *Britannia*?

Ayrton, impassível a olhar para a costa, não respondeu.

Glenarvan, cujo olhar se animava, continuou a interrogar o contramestre.

— Quer me dizer como é que deixou a *Britannia* e porque estava na Austrália?

Seguiu-se o mesmo silêncio, a mesma impassibilidade.

— Ouça bem, Ayrton — replicou Glenarvan. – Devia ter interesse em se explicar. A franqueza é o seu último recurso!

Ayrton voltou-se para Glenarvan e fitou-o.

— Milorde, não tenho que responder. É à justiça e não ao senhor que cabe procurar provas contra a minha pessoa.

— Serão fáceis as provas! — retorquiu Glenarvan.

— Fáceis, milorde? — prosseguiu Ayrton em tom zombeteiro. – Aí é que o senhor se engana. Quem poderia dizer a razão por que vim à Austrália, visto que o capitão Grant não está presente para dar tais informações? Quem vai provar que sou Ben Joyce, quando a polícia nunca me teve em suas mãos e os meus companheiros estão em liberdade? Quem me acusará, salvo o senhor, não de um crime, mas de uma ação censurável? Quem pode afirmar que eu quis apoderar-me deste navio e entregá-lo aos bandidos? Ninguém! Tem suspeitas, mas são precisas provas certas para condenar um homem, e essas provas faltam-lhe. Enquanto não se demonstrar o contrário, sou Ayrton, marinheiro da *Britannia*.

E Ayrton voltou à habitual indiferença. Imaginava decerto que o interrogatório estava terminado, mas Glenarvan disse:

— Não sou um juiz encarregado de o interrogar. Não tenho esse direito. Não lhe perguntei coisa alguma que o possa

175

comprometer. Isso é com a justiça. Mas você sabe o que desejo, e com uma palavra pode pôr-me no rasto que perdi. Quer me dizer onde está o capitão Grant?

— Não, milorde — respondeu Ayrton.

— Quer me dizer onde encalhou a *Britannia?*

— Também não.

— Ayrton — retorquiu Glenarvan em tom grave, quase suplicante, — quer ao menos, se sabe onde está Harry Grant, informar isso aos pobres filhos do capitão?

Ayrton hesitou. As feições contraíram-se-lhe. Mas em voz baixa murmurou:

— Não posso, milorde.

E acrescentou com violência, como homem que estivesse se reprovando por um momento de fraqueza:

— Não! Não falarei! Se quiser, mande-me enforcar!

— Enforcar! — exclamou Glenarvan, sobressaltado.

Depois, dominando-se, prosseguiu com voz grave:

— Ayrton, aqui não há juízes nem carrascos. No primeiro porto em que pararmos será entregue às autoridades inglesas.

— É o que peço — replicou o contramestre.

Depois voltou para o camarote que lhe servia de prisão, e à porta foram colocados dois marinheiros, vigiando os seus menores movimentos. As testemunhas desta cena retiraram-se indignadas e desesperadas.

Visto que Glenarvan acabava de ser mal sucedido diante do obstinado Ayrton, que restava fazer? Colocar em prática o projeto de regressar à Europa, e mais tarde, talvez, retomar as pesquisas. Por hora, como não havia nenhum outro país ao longo do paralelo trinta e sete, e o documento não tinha uma nova interpretação, o *Duncan* nada tinha a fazer além de voltar para trás.

Depois de consultar os amigos, Glenarvan tratou do regresso com Mangles. O capitão inspecionou os paióis; a provisão de combustível devia durar, no máximo, quinze dias. Havia, portanto, necessidade de se abastecer de carvão no porto mais próximo.

John propôs a Glenarvan que seguissem rumo à baía de Talcahuano, onde o *Duncan* já uma vez se abastecera antes de empreender a sua viagem de circunavegação. Era um trajeto direto e precisamente sob o paralelo trinta e sete. Depois o navio, reabastecido, navegaria para o sul; dobraria o cabo Horn e regressaria à Escócia pela via do Atlântico.

Adotado este plano, deram ordem ao maquinista para aumentar a pressão. Meia hora depois, o *Duncan* seguia o rumo de Talcahuano num mar digno do seu nome de Pacífico, e às seis horas da tarde, as últimas montanhas da Nova Zelândia sumiam-se nas ardentes brumas do horizonte.

Começava a viagem do regresso. Triste travessia para aqueles corajosos exploradores que voltavam à pátria sem trazerem Harry Grant! Por isso a tripulação, tão alegre no momento da partida, tão cheia de confiança no começo da empresa, tomava triste o rumo da Europa. Entre todos aqueles bravos marinheiros, nenhum se sentia comovido com o pensamento de tornar a ver a pátria, e todos teriam de boa vontade enfrentado os perigos do mar ainda por muito mais tempo para acharem o capitão Grant.

O desânimo dominou o navio. Todos se conservavam afastados uns dos outros, na solidão do seu camarote, e raras vezes algum aparecia na coberta do *Duncan*.

Até mesmo Paganel, habitualmente tão alegre e esperançoso, conservava-se triste e silencioso. Parecia até mais desanimado do que os seus companheiros. Se Glenarvan falava em retomar as pesquisas, Paganel balançava a cabeça como homem que já perdeu toda a esperança. Era como se já tivesse formado uma opinião definitiva a respeito da sorte dos náufragos da *Britannia*, e pressentia-se que ele os considerava irremediavelmente perdidos.

Havia, porém, a bordo um homem que podia dizer a última palavra a respeito daquela catástrofe, e cujo silêncio continuava. Era Ayrton. Não havia dúvida de que o miserável conhecia, se não a verdade a respeito da situação atual do capitão, pelo menos o lugar do náufragio. Mas Grant, quando o achassem, seria decerto uma testemunha contra ele. Por essa razão ele se calava.

Glenarvan fez várias tentativas de conversar com o contramestre. Foram inúteis as promessas e as ameaças. A teima de Ayrton ia tão longe, e era tão ilógica, que o major chegava a crer que ele não sabia nada. Esta opinião também era partilhada pelo geógrafo, porque corroborava as idéias particulares que ele tinha acerca de Harry Grant.

Mas se Ayrton nada sabia, porque não o confessava? Essa ignorância não podia redundar em seu prejuízo. O seu silêncio aumentava a dificuldade de se fazer novos planos. Do encontro do contramestre na Austrália deveria deduzir-se a presença de Harry Grant no continente? Era preciso, a todo o custo, que Ayrton explicasse isto.

Vendo que o marido nada conseguia, lady Helena pediu-lhe licença para tentar vencer a obstinação do contramestre. Talvez sua doce influência desse resultados.

Conhecendo a inteligência de sua mulher, Glenarvan deu-lhe liberdade de ação.

Naquele dia, 5 de março, Ayrton foi conduzido ao aposento de lady Helena. Mary Grant teve de assistir à entrevista, porque a influência da jovem podia ser grande, e lady Helena não podia desprezar nenhuma probabilidade de êxito.

As duas jovens conversaram uma hora com o contramestre. Mas quando terminaram, não pareciam ter sido bem sucedidas, e no aspecto denotavam verdadeira desanimação.

Por isso, quando o contramestre foi reconduzido ao seu camarote, os marinheiros dirigiram-lhe, quando passou, violentas ameaças. Ayrton contentou-se em encolher os ombros, o que aumentou o furor da tripulação, e para a conter foi preciso a intervenção de Mangles e Glenarvan.

Mas lady Helena não se deu por vencida. Quis lutar até ao fim com aquela alma desapiedada, e no dia seguinte foi ela mesma ao camarote de Ayrton, a fim de evitar as cenas que ocasionava a sua passagem pela tolda do navio.

Duas longas horas esteve a boa senhora só, cara a cara com o chefe dos bandidos. Glenarvan, muito nervoso, caminhava em torno do camarote, ora resolvido a esgotar todos os meios de ser bem sucedido, ora prestes a arrancar a esposa a tão desagradável conversa.

Mas desta vez, quando lady Helena reapareceu, seu rosto demonstrava confiança. Teria conseguido comover o coração daquele miserável e arrancar o tão ansiado segredo?

Mac-Nabs, que foi o primeiro a vê-la, não reprimiu um movimento de incredulidade.

Espalhou-se entre a tripulação que o contramestre cedera afinal às instâncias de lady Helena. Foi uma comoção. Todos os marinheiros se reuniram sobre a coberta, e até mais rápido do que se os chamasse o apito de Tom Austin para a manobra.

Glenarvan correu ao encontro da esposa.

— E então? Ele falou? — perguntou ele.

— Não — respondeu lady Helena. — Mas, cedeu às minhas súplicas, e deseja vê-lo.

— Ah! Querida Helena, foi bem sucedida!

— Assim espero, Edward.

— Fez alguma promessa que eu deva cumprir.

— Uma apenas: é que usará todo o seu crédito para suavizar a sorte desse infeliz.

— Bem, querida, que Ayrton se apresente o quanto antes.

Lady Helena retirou-se para o seu quarto, acompanhada de Mary Grant, e o contramestre foi conduzido para a câmara onde o esperava lorde Glenarvan.

19
UMA TRANSAÇÃO

Assim que o contramestre se achou em presença do lorde, os guardas retiraram-se.

— Quer falar comigo? — disse Glenarvan.

— Sim, milorde — respondeu o contramestre.

— Só comigo?

— Parece-me que se o major Mac-Nabs e o senhor Paganel participassem da conversa seria melhor para mim.

Ayrton falava com serenidade. Glenarvan olhou para ele fixamente; em seguida avisou Mac-Nabs e Paganel.

— Estamos escutando — disse Glenarvan, assim que os seus dois amigos se sentaram à mesa da câmara.

O contramestre recolheu-se por alguns momentos e disse:

— Milorde, é costume figurarem testemunhas em todos os contratos ou transações. Eis a razão por que pedi a presença dos senhores Paganel e Mac-Nabs. Para falar rigorosamente, é um negócio que venho propor.

Glenarvan, habituado às maneiras de Ayrton, não pestanejou, ainda que um negócio entre ele e aquele homem lhe parecesse coisa singular.

— Que negócio é? — perguntou.

— Deseja saber de certas particularidades que lhe interessam. Eu desejo obter do senhor certas vantagens que me são preciosas. É uma troca, milorde. Convém-lhe ou não?

— Que particularidades são essas? — perguntou Paganel com vivacidade.

— Não — disse Glenarvan, — quais são as vantagens?

Ayrton, demonstrou que percebia a diferença sutil notada por Glenarvan.

— O senhor tem intenção de me entregar às autoridades inglesas, milorde?

— Sim, Ayrton, o que aliás é justo.

— Não digo que não — respondeu tranqüilamente o contramestre. Visto isso, não consentiria que me dessem a liberdade?

Glenarvan hesitou antes de responder a uma pergunta formulada com tanta precisão. Do que ia responder dependia talvez a sorte de Harry Grant!

Contudo, o dever falou mais alto, e ele disse:

— Não, Ayrton, não posso restituir-lhe a liberdade.

— Não a peço — replicou o contramestre com altivez.

— Então o que quer?

— Um meio termo entre a forca que me espera e a liberdade que não pode me conceder.

— E esse meio termo...

— Que me abandone numa das ilhas desertas do Pacífico, com objetos de primeira necessidade. Eu me arranjarei como puder, e irei me arrepender, se tiver tempo!

Pego de surpresa, Glenarvan olhou para os dois amigos, que permaneciam silenciosos. Depois de refletir alguns instantes, respondeu:

— Ayrton, se lhe conceder o que pede, irá me dizer o que quero saber?

— Sim, milorde, isto é, tudo o que sei a respeito do capitão Grant e da *Britannia*.

— Toda a verdade?

— Toda.

— Mas como saberei que está falando a verdade?...

— Terá de se fiar em mim, na palavra de um malfeitor! É verdade! Mas que quer? A situação é assim. É pegar ou largar.

— Acreditarei em você — disse Glenarvan.

— E fará bem, milorde. E, se o enganar, terá sempre meios de se vingar, indo me buscar na ilha, de onde não poderei fugir.

Ayrton tinha resposta para tudo. Era o primeiro a encarar as dificuldades, e ministrava contra si mesmo argumentos sem réplica. Como se vê, fingia tratar o seu "negócio" com uma boa fé indiscutível. Era impossível alguém se entregar com mais perfeita confiança.

— Senhores — prosseguiu ele, — quero que fiquem convencidos de que não procuro enganá-los, e vou lhes dar uma nova prova da minha sinceridade.

— Fale, Ayrton — retorquiu Glenarvan.

— Milorde, não disse sim à minha proposta, e contudo não hesito em dizer que pouco sei a respeito de Harry Grant.

— Pouco! — exclamou Glenarvan.

— Sim, milorde, as particularidades que posso lhe comunicar, são relativas a mim; são pessoais, e em nada contribuirão para lhe fazer achar os vestígios perdidos.

Nas feições de Glenarvan e do major refletiu-se um profundo desânimo. Julgavam Ayrton possuidor de um segredo importante, e ele confessava que as suas revelações seriam quase inúteis. Quanto a Paganel, estava impassível.

Fosse como fosse, a confissão de Ayrton, que se entregava por assim dizer sem garantias, impressionou os seus ouvintes, principalmente quando acrescentou:

— Portanto, milorde, fique prevenido; o negócio será mais vantajoso para mim do que para o senhor.

— Não importa — replicou Glenarvan. — Aceito a sua proposta. Tem a minha palavra de que será desembarcado numa das ilhas do Oceano Pacífico.

Aquele homem singular estava feliz com semelhante decisão? Era para duvidar, porque a sua fisionomia impassível não revelou comoção alguma.

— Estou pronto a responder — disse.

— Não temos perguntas a fazer-lhe — disse Glenarvan. — Diga-nos o que sabe, Ayrton, começando por declarar quem é.

— Senhores — exclamou Ayrton, — sou realmente Tom Ayrton, contramestre a bordo da *Britannia*. Saí de Glasgow no navio de Harry Grant, em 14 de março de 1861. Durante quatorze meses percorremos os mares do Pacífico, procurando alguma posição vantajosa para aí fundar uma colônia escocesa. Harry era homem para grandes coisas, mas muitas vezes graves questões surgiram entre nós. O seu caráter não me agradava. Não sei dobrar-me; ora, com Harry Grant, quando ele toma uma resolução, toda a resistência se torna impossível. É homem de ferro para si e para os mais. Contudo ousei revoltar-me. Procurei fazer com que a tripulação me acompanhasse na revolta, e tentei apoderar-me do navio. Se fiz mal ou não, pouco me importa, fosse como fosse, Harry Grant não hesitou, e no dia 18 de abril de 1862 desembarcou-me na costa ocidental da Austrália.

— Então — disse o major, interrompendo a narrativa de Ayrton, — deixou a *Britannia* antes de ela fazer escala em Callao, de onde são datadas as últimas notícias?

— Sim — respondeu o contramestre, — porque a *Britannia* nunca fez escala em Callao, enquanto estive a bordo. E se na herdade de O'Moore, lhes falei nesta terra, é porque a narrativa de milorde acabava de me informar dessa particularidade.

— Continue, Ayrton — disse Glenarvan.

— Achei-me, pois, abandonado numa costa quase deserta, mas a trinta quilômetros apenas dos estabelecimentos penitenciários de Perth, capital da Austrália ocidental. Vagando pelas suas praias, encontrei um bando de malandros que acabavam de fugir. Juntei-me a eles. Milorde irá me permitir não ter que contar a minha vida durante dois anos. Saiba só que me tornei chefe do bando, com o nome de Ben Joyce. No mês de setembro de 1854 apresentei-me na herdade irlandesa. Fui aí admitido como criado sob o meu verdadeiro nome de Ayrton. Esperava ocasião de me apoderar de um navio. Era esse o meu desejo. Dois meses depois chegou o *Duncan*. Quando milorde visitou a herdade, contou toda a história do capitão Grant. Soube das últimas notícias da *Britannia*, e também os motivos que o senhor tinha para procurar Harry Grant através do continente australiano. Não hesitei. Resolvi apropriar-me do *Duncan*. Mas o barco tinha graves avarias a reparar. Deixei-o por isso partir para Melbourne e apresentei-me aos senhores na minha verdadeira qualidade de contramestre, oferecendo-me para o guiar ao local de um naufrágio imaginado por mim para o lado da costa oriental da Austrália. Foi assim que, seguido à distância e muitas vezes precedido do meu bando, dirigi a expedição através da província de Vitória. A minha gente cometeu em Camden-Bridge um crime inútil, porque o *Duncan*, uma vez próximo da costa, não podia escapar-me, e com um navio daqueles ficava senhor do Oceano. Conduzi-os assim, sem que desconfiassem, até Snowy-River. Os cavalos e os bois foram caindo envenenados. Enterrei o carro nos alagadiços do Snowy. O resto, milorde, o senhor já sabe, e pode estar certo de que, se não fosse a distração do senhor Paganel, eu agora seria comandante a bordo do *Duncan*. Esta é a minha história, senhores; infelizmente as minhas revelações não podem pô-los no rasto de Harry Grant, e bem vêem que, aceitando a transação, fizeram um mau negócio.

O contramestre calou-se, cruzou os braços, segundo o seu costume, e esperou. Glenarvan e os seus amigos guardavam silêncio. Sabiam que aquele singular malfeitor havia dito a verdade. A tomada do *Duncan* só falhara por uma causa independente da sua vontade. Os seus cúmplices tinham vindo às praias de Twofold-bay, como provava a roupa de condenado encontrada por Glenarvan. Aí, fiéis às ordens do chefe, haviam espreitado a chegada do navio, e afinal, cansados de esperar, tinham-se metido outra vez a exercer o seu mister de ladrões e de incendiários nas campinas da Nova Gales do Sul.

O major foi o primeiro a recomeçar o interrogatório, a fim de determinar rigorosamente as datas relativas à *Britannia*.

— Portanto — perguntou ele ao contramestre, — foi no dia 8 de abril de 1862 que desembarcaram na costa ocidental da Austrália?

— Exatamente — respondeu Ayrton.

— E sabe quais eram então os projetos de Harry Grant?

— Vagamente.

— O menor indício pode nos esclarecer algo – replicou Glenarvan.

— O que posso dizer, milorde — retorquiu Ayrton, — é que o capitão Grant tinha intenção de visitar a Nova Zelândia. Ora, esta parte do programa não foi executada durante o tempo que estive a bordo. Não seria, pois, impossível que a *Britannia*, saindo de Callao, navegasse na direção das costas da Nova Zelândia. Isso está de acordo com a data de 27 de junho de 1862, na qual o documento põe o naufrágio da galera.

— Decerto — observou Paganel.

— Mas — replicou Glenarvan, — nas outras palavras conservadas nos três documentos, nada se pode aplicar à Nova Zelândia.

— Isso não sei responder — disse o contramestre.

— Bem, Ayrton — disse Glenarvan, — cumpriu a sua palavra, cumprirei a minha. Vamos resolver em que ilha do Oceano Pacífico deve ser posto.

— Pouco me importa, milorde — replicou Ayrton.

— Volte para o seu camarote e espere a nossa decisão.

Ayrton retirou-se sob a guarda de dois marinheiros.

— Este bandido podia ter sido um homem de verdade! — disse o major.

— É verdade — concordou Glenarvan, — é dotado de energia e inteligência. Mas aplicou seu potencial para o mal!

— E quanto Harry Grant?

— Receio bem que esteja para sempre perdido! Pobres crianças! Quem poderia dizer onde está o pai?

— Eu! — exclamou Paganel. — Sim! Eu!

O geógrafo, tão falador, tão impaciente, quase não falara durante o interrogatório de Ayrton. Mas a última palavra que proferira valia por muitas e fez Glenarvan pular.

— O senhor! – exclamou. – Então o senhor sabe onde está o capitão Grant?

— Sim, tanto quanto é possível saber-se, pelo documento — respondeu o geógrafo.

— Ah! — exclamou o major, com incredulidade.

— Ouça primeiro, Mac-Nabs — disse Paganel. — Não falei há mais tempo porque não acreditariam, e era inútil. Hoje, se vou explicar-me, é porque a opinião de Ayrton veio exatamente corroborar a minha.

— Assim a Nova Zelândia?... — perguntou Glenarvan.

— Escute e avalie — replicou Paganel. — Não foi sem razão que cometi o erro que nos salvou. Na ocasião em que escrevia a carta ditada por Glenarvan, a palavra "Zelândia" estava na minha cabeça. E vou dizer-lhes o motivo porque. Estávamos na carroça, e Mac-Nabs acabava de contar a lady Helena sobre os bandidos; tinha-lhe entregue o número da *Australian and Zealand Gazette*, que relatava a catástrofe de Camden-Bridge. No momento em que escrevia, o jornal estava no chão, dobrado de tal maneira que só se viam duas sílabas do título. As duas sílabas eram *aland*. Que luz se não fez no meu espírito! *Aland* era precisamente uma palavra do documento inglês, palavra que até então tínhamos traduzido por *terra*, e que devia ser a terminação do nome próprio *Zelândia*.

— O que! — exclamou Glenarvan.

— Sim — prosseguiu Paganel com profunda convicção, — a interpretação escapara-me, e sabe porque? Porque me concentrava no documento em francês, mais completo do que os outros, e no qual falta essa palavra importante.

— Ora, é imaginação demais, Paganel. Está esquecendo suas deduções anteriores muito facilmente — exclamou o major. – E a palavra *austra*?

— Designa somente os países "austrais".

— E a sílaba *indi*, que foi uma vez radical de *índios* e outra vez radical de *indígenas*?

— Pois bem, na terceira e última vez — respondeu Paganel, — será a primeira sílaba da palavra *indigência!*

— E *contin!* — exclamou Mac-Nabs. — Significa ainda *continente?*

— Não, já que a Nova Zelândia é apenas uma ilha.

— Então?... — perguntou Glenarvan.

— Vou traduzir o documento, segundo a minha terceira interpretação. Faço apenas duas observações: 1º Esqueçam as interpretações precedentes; 2º certas palavras hão de parecer "forçadas", e é possível que eu as traduza mal, mas não têm importância alguma, entre outras a palavra *agonia*, que me desagrada, mas que não posso explicar de outro modo. Demais, é o documento francês que serve de base à minha interpretação, e não esqueça que foi escrito por um inglês, que talvez não dominasse a língua fluentemente. Posto isto, comecemos.

Paganel, articulando cada sílaba com lentidão, recitou as frases seguintes:

"No dia 27 de junho de 1862, a galera Britannia, de Glasgow, naufragou depois de uma longa agonia nos mares austrais, nas costas da Nova Zelândia — em inglês Zealand. — *Dois marinheiros e o capitão Grant puderam abordar aí. Vítimas de uma cruel indigência, lançaram este documento ao mar por... de longitude e 37° 11' de latitude. Socorram-nos, ou ficam perdidos".*

Paganel calou-se. A sua interpretação era possível. Mas exatamente por parecer tão verossímil como as precedentes, podia ser igualmente falsa. Glenarvan e o major não trataram por isso de discutir. Contudo, visto que nem nas costas da Patagônia nem nas costas da Austrália, no ponto em que estas duas regiões são cortadas pelo paralelo trinta e sete, se haviam encontrado vestígios da *Britannia*, as probabilidades passavam a ser em favor da Nova Zelândia.

Esta observação feita por Paganel foi o que mais impressionou os seus amigos.

— Agora, Paganel — disse Glenarvan, — me explique porque ocultou esta interpretação durante quase seis meses!

— Porque não queria dar-lhe esperanças enganosas. Depois, íamos a Auckland, ao ponto mesmo indicado pela latitude do documento.

— Mas depois, quando fomos arrastados para longe desse ponto, porque não disse nada?

— É porque, por justa que seja a nova interpretação, ela não pode contribuir para a salvação de Grant.

— Porque, Paganel?

— Porque, admitida a hipótese de que o capitão Grant chegou à costa da Nova Zelândia, já se passaram dois anos sem que reaparecesse, portanto, ou foi vítima do naufrágio ou dos zelandeses.

— Portanto, a sua opinião é... — perguntou Glenarvan.

— Que seria possível talvez encontrar alguns vestígios do naufrágio, mas que os náufragos da *Britannia* estão irremediavelmente perdidos!

— Guardemos silêncio a respeito de tudo isto, meus amigos — disse Glenarvan, — enquanto escolho o momento em que darei tão triste notícia os filhos do capitão Grant.

20
UM GRITO NO SILÊNCIO DA NOITE

Não tardou que a tripulação soubesse que a misteriosa situação do capitão Grant fora esclarecida pelas revelações de Ayrton. Tornou-se profundo o desânimo a bordo, porque tinham contado com o contramestre, e ele nada sabia que pudesse indicar o rasto da *Britannia*.

Continuou-se por isso a navegar no mesmo rumo. Faltava escolher a ilha em que Ayrton devia ser abandonado.

Paganel e Mangles consultaram os mapas de bordo. No paralelo trinta e sete figurava precisamente uma ilhota conhecida pelo nome de Maria Tereza, rochedo perdido em meio do Oceano Pacífico, afastado vinte e três mil quilômetros da costa americana e dez mil da Nova Zelândia. Ao norte, as terras mais próximas formavam o arquipélago de Pomotu, sob o protetorado francês. Ao sul, até à muralha dos gelos eternos do pólo austral, nada havia. Nenhum eixo do mundo ali chegava. Só os pássaros das tempestades descansavam nela por ocasião das suas grandes viagens, e muitas cartas nem indicavam aquele rochedo batido pelas ondas do Pacífico.

Se na terra se devia encontrar o absoluto isolamento, era naquela ilha, colocada fora dos caminhos seguidos pelo homem. Contaram a Ayrton sobre esta possibilidade. O contramestre aceitou a proposta de viver ali afastado dos seus semelhantes, e Mangles aproou na direção da ilhota Maria Tereza.

Dois dias depois, pelas duas horas, o vigia de proa avistou terra. Era Maria Tereza, baixa, mal saindo das ondas e parecendo enorme cetáceo. Cinqüenta quilômetros a separavam ainda do navio.

O contorno da ilha foi-se esboçando no horizonte. O sol declinava para o ocidente, e delineava-lhe o caprichoso perfil.

Às cinco horas, Mangles julgou distinguir uma fumaça ligeira que subia para o céu.

— É um vulcão? — perguntou a Paganel, que esquadrinhava a nova terra.

— Não sei o que pensar, respondeu o geógrafo. — Maria Tereza é um ponto pouco conhecido. Não era contudo para admirar que devesse a origem a algum abalo submarino, e por conseguinte, vulcânico.

— Nesse caso — observou Glenarvan, — se uma erupção a produziu, não é de se recear que uma erupção a faça desaparecer?

— É pouco provável — replicou Paganel. — A sua existência é conhecida há muitos séculos, o que já é uma garantia. Quando a ilha Júlia surgiu do Mediterrâneo, não esteve muito tempo fora das ondas e desapareceu meses depois de haver aparecido.

— Acha que podemos fundear antes do anoitecer, John? – perguntou Glenarvan.

— Não, milorde. Não devo arriscar o *Duncan* em meio das trevas, numa costa que desconheço. Vou conservar-me bordejando, e amanhã, ao romper do sol, mandaremos uma embarcação à terra.

Às oito da noite, Maria Tereza, parecia uma comprida sombra e mal se divisava. O *Duncan* continuava a aproximar-se dela.

Às nove horas brilhou na escuridão um clarão bem vivo, imóvel e contínuo.

— Eis uma circunstância que me confirmaria a idéia do vulcão — disse Paganel, observando o ponto luminoso.

— Contudo — observou Mangles, — a esta distância deveríamos ouvir o estrondo que acompanha sempre as erupções, e o vento leste não nos traz ruído algum.

— De fato — disse Paganel, — este vulcão brilha, mas não fala. Parece mais um farol!

— Tem razão — disse Mangles. — Ah! Um outro fogo! Desta vez é na praia! Veja! Agita-se! Muda de lugar!

John não se enganava. Brilhara um novo fogo, que por momentos parecia extinguir-se e de repente reanimar-se.

— A ilha é habitada então? – perguntou Glenarvan.

— Por selvagens, com certeza — redargüiu Paganel.

— Nesse caso não podemos abandonar Ayrton nela.

— Não — respondeu o major, — seria um péssimo presente até para selvagens.

— Vamos procurar uma outra ilha deserta — disse Glenarvan, rindo da "delicadeza" de Mac-Nabs. — Prometi a vida a Ayrton e vou cumprir a minha promessa.

— Em todo o caso desconfiemos — acrescentou Paganel. — Os zelandeses têm o bárbaro costume de enganar os navios usando o fogo. Ora, os indígenas de Maria Teresa podem conhecer também o processo.

— Amanhã veremos o que fazer – disse Mangles.

Às onze horas os passageiros e Mangles recolheram-se aos camarotes. À popa o vigia passeava sobre a tolda do navio. Na proa só havia o homem do leme que estava no seu posto.

Mary e Robert Grant subiram ao tombadilho.

Os dois jovens, encostando-se ao corrimão da borda, puseram-se a olhar tristemente para o mar fosforescente e para a esteira luminosa do *Duncan*. Mary pensava no futuro de Robert; Robert pensava no futuro da irmã. Ambos se lembravam do pai. Deveriam perder a esperança de o tornar a ver? Sem o pai que seria feito deles? Qual teria sido já a sua sorte, se não fossem lorde Glenarvan e lady Helena?

O jovem, amadurecido pelo infortúnio, adivinhava os pensamentos que agitavam o espírito da irmã.

— Mary — disse ele, — nunca se deve desesperar. Lembre-se das lições que nos dava nosso pai. "A coragem supre tudo neste mundo", dizia ele. Tenhamos, pois, também a coragem obstinada que a tudo o fazia superior. Até aqui trabalhou para mim, irmã, agora quero trabalhar para você.

— Querido Robert! — respondia a jovem.

— Preciso lhe dizer uma coisa — replicou Robert. — Não ficará zangada, Mary? Irá me deixar fazer o que eu quero?

— O que quer dizer com isso? — perguntou Mary, inquieta.

— Minha irmã, serei marinheiro...

— Então, irá me deixar! — Exclamou a jovem, apertando a mão do irmão.

— Sim, irmãzinha! Serei marinheiro como meu pai, marinheiro como o capitão John! Mary, minha querida Mary! O capitão John não perdeu a esperança de todo! Terá, como eu, confiança na sua dedicação! Fará de mim, prometeu-me, um grande marinheiro, e até lá procuraremos juntos nosso pai! Diga que é esse o teu desejo. O que nosso pai faria por nós, o nosso dever, o meu pelo menos, é fazê-lo por ele! A minha vida tem um só fim: procurar sempre aquele que não teria abandonado nenhum de nós! Nosso bom pai!

— E tão nobre, generoso! — replicou Mary. — Sabe, Robert, ele era já uma das glórias do nosso país, e figuraria entre seus grandes homens, se a sorte não o detivesse!

— Se sei! — disse Robert.

Mary apertou o jovem contra o coração. Robert sentiu as lágrimas da irmã.

— Mary! Mary! — exclamou ele. — Os nossos amigos podem dizer o que quiserem, tenho esperança ainda e sempre a terei! Um homem como meu pai não morre antes de ter cumprido o seu destino!

Mary não pôde dizer nada. Sufocavam-na os soluços. Ao lembrar-se de que se fariam novas tentativas para encontrar Harry Grant e que a dedicação do jovem capitão não conhecia limites, sentimentos diversos se debatiam na sua alma.

— O senhor John tem esperança ainda? — perguntou ela.

— Sim — respondeu Robert. — É um irmão que não nos abandonará nunca. Hei de ser marinheiro, Mary, para juntamente com ele procurar meu pai. Não deseja isto também?

— Se desejo — murmurou Mary. — Mas nos separarmos!

— Não ficará só, Mary. O meu amigo John já me disse.

— E a nossa querida casinha de Dundee, tão cheia de recordações?

— Vamos conservá-la, irmã! Tudo está combinado pelo nosso amigo John e por lorde Glenarvan. Ficará no castelo de Malcolm como se fosse sua filha! O lorde disse isso a John. Estará como em sua casa, tendo com quem falar de nosso pai enquanto eu e John não o trazemos de volta um dia! Ah! que belo dia não será!

— exclamou Robert, cuja fronte estava radiante de entusiasmo.

— Meu irmão, meu filho — redargüiu Mary, — como nosso pai ficaria feliz se o escutasse! Como se parece com ele! Quando for homem, será Harry Grant por inteiro!

— Deus te ouça, Mary — disse Robert.

Em seguida, entregando-se a intermináveis meditações, os dois filhos do capitão Grant contemplaram-se mutuamente em silêncio na vaga escuridão da noite. Sereno o mar, balouçava formando longas e suaves ondulações, e a hélice produzia na escuridão um redemoinho luminoso.

Deu-se então um incidente estranho e verdadeiramente sobrenatural. Os dois irmãos, graças a uma dessas comunicações magnéticas que ligam misteriosamente as almas, tiveram ao mesmo tempo, no mesmo instante, idêntica alucinação.

Do meio daquelas ondas alternadamente sombrias e brilhantes, Mary e Robert julgaram ouvir uma voz, cujo som profundo e lastimoso lhes fez estremecer o coração.

— Socorro! Socorro! — bradava a voz.

— Mary — disse Robert, ouviu? Ouviu?

E inclinando-se por cima da borda do navio, interrogaram as sombras da noite.

Nada viram, porém, porque a escuridão era imensa.

— Robert — disse Mary, pálida de comoção, — julguei... Sim, como você, julguei... Ambos deliramos, Robert!...

Mas um novo chamamento se fez ouvir, e daquela vez a ilusão foi tal que um grito igual saiu ao mesmo tempo de ambos os corações:

— Meu pai! Meu pai!...

Era demais para Mary. Vencida pela emoção, desmaiou nos braços de Robert.

— Socorro! — gritou Robert. — Minha irmã! Meu pai!

O homem do leme veio ajudar a amparar a jovem. O marinheiro de vigia acudiu, e depois Mangles, lady Helena e lorde Glenarvan, que tinham acordado de repente.

— Minha irmã desmaiou e meu pai está lá! — exclamava Robert, apontando para as ondas.

Ninguém compreendia as suas palavras.

— Sim — repetia ele. — Meu pai está lá! Ouvi a voz de meu pai! Mary também ouviu!

E Mary, que neste momento voltava a si, louca, alucinada exclamava também:

— Meu pai! Meu pai está lá!

A jovem, levantando-se e inclinando-se por cima da borda, queria precipitar-se no mar.

— Milorde! Milady! — repetia ela. – Meu pai está lá! Ouvi a sua voz!

Então a pobre criança tornou a desmaiar. Foi preciso transportá-la para o camarote, e lady Helena seguiu-a para cuidar dela, enquanto Robert continuava a repetir:

— Meu pai! Meu pai está lá! Tenho certeza disso, milorde!

As testemunhas desta dolorosa cena acabaram por compreender que os dois filhos do capitão Grant tinham sido vítimas de uma alucinação. Mas como fazer com que os seus sentidos, tão cruelmente iludidos, se desenganassem?

Glenarvan ainda tentou. Pegou na mão de Robert e disse-lhe:

— Ouviu a voz de seu pai, meu querido filho?

— Sim, milorde. Além, no meio das ondas, gritava: Socorro! Socorro!

— E reconheceu essa voz?

— Oh! Sim! Juro-lhe. Minha irmã também a ouviu, reconheceu-a como eu! Não poderíamos nos enganar, ambos! Milorde, vamos em socorro de meu pai. Um escaler! Um escaler!

Glenarvan viu que não podia desenganar a pobre criança. Ainda assim fez uma última tentativa e chamou o homem do leme.

— Hawkins – perguntou Glenarvan, — estava ao leme no momento em que a srta. Mary desmaiou?

— Sim, milorde — respondeu Hawkins.

— Escutou algo?

— Nada.

— Está vendo, Robert.

— Se fosse o pai dele — respondeu o rapaz energicamente, — Hawkins não diria que não tinha ouvido nada. Era meu pai, milorde! Meu pai! Meu pai!...

A voz de Robert foi sufocada num soluço. Calou-se, empalideceu e perdeu também os sentidos.

Glenarvan fez conduzir Robert para o seu leito, e o jovem, prostrado pela comoção, caiu em profunda letargia.

— Pobres órfãos! — exclamou Mangles. — Deus os fez passar por terrível provação!

— Sim — redargüiu Glenarvan, — a dor deve ter produzido em ambos, e no mesmo momento, idêntica alucinação.

— Em ambos! — murmurou Paganel. — Extraordinário. A ciência não admitiria isso.

Em seguida, debruçando-se por seu turno para o mar, e depois de fazer sinal para que todos se calassem, o geógrafo pôs-se a escuta.

O silêncio era profundo. Paganel pôs-se a gritar com força. Ninguém respondeu.

— É singular! — repetia o geógrafo, recolhendo-se para o camarote. – Não há como se explicar um fenômeno assim!

No dia seguinte, 8 de março, pelas cinco da manhã, ao romper da alvorada, todos os passageiros já estavam no convés, e entre eles Mary e Robert, porque fora impossível retê-los. Todos queriam examinar aquela terra que mal se havia entrevisto na véspera.

Os óculos foram assestados sobre os pontos principais da ilha. O navio costeava as margens à distância de um quilômetro. Não podiam escapar as menores particularidades que houvesse em terra.

De repente ouviu-se um grito de Robert. O jovem asseverava que via dois homens correndo e gesticulando, enquanto um terceiro agitava uma bandeira.

— A bandeira da Inglaterra! — exclamou Mangles, que lançara mão do óculo.

— É verdade! — exclamou Paganel, voltando-se com vivacidade para Robert.

— Milorde — disse Robert, tremendo de emoção, — se não quer que eu chegue à ilha nadando, me arranje uma embarcação. Ah! Milorde, peço-lhe de joelhos que me deixe ser o primeiro a saltar em terra!

Ninguém a bordo se atrevia a falar. O que! Pois naquela ilhota, cortada pelo paralelo trinta e sete, havia três homens, três náufragos, e ingleses! E lembrando-se todos dos acontecimentos da véspera, pensavam na voz ouvida de noite por

Robert e Mary!... Os jovens só se podiam ter enganado sobre uma coisa: era possível que tivessem ouvido uma voz, mas essa voz não podia ser de seu pai! Infelizmente não, mil vezes não! E pensando na horrível decepção que os esperava, receavam todos que aquela nova provação fosse superior às forças das duas crianças. Mas como detê-los? Lorde Glenarvan não teve coragem para isso.

— Desçam o escaler! — bradou ele.

Passado um minuto estava o escaler no mar. Os dois filhos do capitão, Glenarvan, Mangles e Paganel, precipitaram-se dentro dele, e a embarcação deslizou rapidamente, impelida pelos esforços de seis marinheiros que remavam com vigor.

A poucos metros da praia, Mary soltou um grito dilacerante:

— Meu pai!

Na praia estava um homem, entre outros dois. Era de estatura avantajada e robusta, e a sua fisionomia, de expressão ao mesmo tempo meiga e enérgica, apresentava o conjunto das feições de Mary e de Robert Grant. Era na verdade o homem que os dois jovens muitas vezes tinham retratado. Não os enganara o coração. Era seu pai, era o capitão Grant!

O capitão ouviu o grito de Mary, abriu os braços e caiu na praia, como fulminado.

21

A Ilha Tabor

Não se morre de alegria, porque o pai e os filhos voltaram à vida, ainda antes de chegarem ao navio. As palavras não bastariam para descrever aquela comovente cena. Toda a tripulação chorava, vendo os três, pai e filhos, confundidos em estreito abraço, trocando palavras de confiança e carinho.

Assim que se viu no convés do navio, Harry Grant curvou o joelho. O piedoso escocês, ao tocar no que era para ele o solo da pátria, quis primeiro que tudo dar graças a Deus pelo seu salvamento.

Que imensa dívida não havia contraído para com aquela nobre mulher, seu valoroso marido e os seus companheiros! Desde lorde Glenarvan até ao último dos marinheiros, não tinham todos lutado e sofrido por ele e seus dois companheiros? Harry Grant exprimiu a gratidão de que se achava possuído com tanta simplicidade e nobreza, o seu rosto estava iluminado por uma emoção tão pura e sincera, que toda a tripulação se sentiu recompensada em muito mais do que mereciam os seus trabalhos. O próprio major, sempre tão impassível e contido, tinha os olhos umedecidos pelas lágrimas que não conseguia conter. Quanto ao digno Paganel, esse chorava como uma criança e não se preocupava em ocultar o pranto.

Harry Grant não se cansava de olhar para a filha. Achava-a bela, encantadora! Dizia-lhe e repetia-lhe em voz alta, invocando o testemunho de lady Helena, como que para demonstrar que o amor paternal não o estava enganando. Depois, voltando-se para o filho Robert, exclamou com arrebatamento e orgulho:

— Como cresceu! Virou homem!

E prodigalizava àqueles dois entes tão queridos os milhares de beijos que juntara no coração durante aqueles dois longos anos de ausência.

Robert apresentou-lhe todos os amigos, e achou meio de variar as fórmulas, apesar de ter que dizer de cada um quase a mesma coisa! É que todos tinham sido excelentes para os dois órfãos. Quando chegou a vez de Mangles ser apresentado, o capitão ficou corado e a sua voz tremia ao responder ao pai de Mary Grant.

Lady Helena fez então a narração da viagem ao capitão Grant, e deixou-o orgulhoso da filha e do filho.

Harry Grant foi informado das façanhas do jovem herói, e como a criança já tinha pago a lorde Glenarvan uma parte da dívida paterna. Em seguida por seu turno, Mangles falou de Mary em termos tais, que Harry Grant, esclarecido por algumas palavras de lady Helena, pôs a mão da filha na mão do jovem capitão, e voltando-se para lorde e lady Glenarvan, disse:

— Milorde e milady, abençoemos os nossos filhos!

Depois de tudo dito e repetido mil vezes, Glenarvan contou a Harry Grant sobre Ayrton. Grant confirmou as declarações do contramestre quanto ao desembarque na costa australiana.

— É um homem inteligente, arrojado — acrescentou, — e a quem as paixões têm encaminhado para o mal. Possam a reflexão e o arrependimento inspirar-lhe melhores sentimentos!

Antes de Ayrton ser transferido para a ilha Tabor, para cumprir sua pena, e o *Duncan* partir rumo à Escócia, Harry Grant quis fazer as honras do seu rochedo, que tão bem o havia acolhido durante aqueles dois anos, aos seus amigos e salvadores. Convidou-os para visitarem a barraca e sentarem-se à mesa do Robinson oceânico.

Glenarvan e os seus companheiros aceitaram de boa vontade. Robert e Mary ardiam em desejos de ver os lugares solitários onde o capitão os chorara por tanto tempo.

Bastaram poucas horas para percorrerem os domínios de Harry Grant e seus marinheiros. A bem da verdade, constavam do cume de uma montanha submarina, de uma chapada onde abundavam os rochedos de basalto e os detritos vulcânicos. Nas épocas geológicas da terra, o monte surgira pouco a pouco das profundezas do Pacífico, por efeito dos fogos subterrâneos; mas, havia séculos, o vulcão tornara-se uma pacífica montanha, e depois de cheia a cratera, da planície líquida emergira uma ilha. Em seguida formou-se o húmus; o reino vegetal tomou posse da nossa terra; alguns baleeiros de passagem desembarcaram nela animais domésticos, cabras e porcos, que se multiplicaram no estado selvagem, e a natureza manifestou os seus três reinos aquela ilha perdida em meio do oceano.

Quando os náufragos da *Britannia* ali se refugiaram, a mão do homem veio regularizar os esforços da natureza. Em dois anos e meio Harry Grant e os seus companheiros conseguiram transformar toda a a ilha. Um pedacinho de terra, que foi cuidadosamente cultivado, produzia legumes de excelente qualidade.

Os visitantes chegaram à casa coberta pela sombra de verdejantes gomeiras; em frente das janelas estendia-se o mar esplêndido, que cintilava, sob os raios do sol. Harry Grant mandou pôr a mesa à sombra de formosas árvores, e todos se sentaram. Uma perna de cabrito, pão de nardo, alguns bolos de leite, dois ou três pés de chicória silvestre, uma água pura e fresca, compuseram aquela refeição simples e digna.

Paganel estava encantado. As suas antigas idéias de Robinson subiam-lhe ao cérebro.

— Não devemos ter dó desse patife do Ayrton! — exclamou no seu entusiasmo. — Esta ilhota é um paraíso.

— Sim — replicou Harry Grant, — um paraíso para três pobres prisioneiros que Deus aqui protegeu! Mas tenho pena de que Maria Teresa não seja uma ilha vasta e fértil, com um rio em vez de um regato, e um porto em vez de uma enseada batida pelas vagas do mar largo.

— Porque, capitão? — perguntou Glenarvan.

— Porque lançaria aqui as bases da colônia com que quero dotar a Escócia no Pacífico.

— Ah! Capitão Grant — disse Glenarvan, — pelo que vejo ainda não abandonou a idéia que tão popular o tornou na nossa velha pátria?

— Não, milorde, e Deus não me salvou pelas suas mãos senão para que eu a realizasse. É preciso que todos os nossos pobres irmãos da velha Calcedônia, todos os que sofrem, tenham um refúgio contra a miséria em terra nova! É preciso que a nossa querida pátria possua nestes mares uma colônia propriamente sua, onde encontre um pouco da independência e do bem-estar que lhe faltam na Europa. Este é ainda o meu grande projeto!

— Ah! Muito bem, capitão Grant — redargüiu lady Helena. — É um belo projeto, digno de um grande coração! Mas esta ilhota?...

— Não, senhora é um rochedo bom quando muito, para sustentar alguns colonos, e precisamos de uma terra vasta e rica.

— Ora capitão — exclamou Glenarvan, — o futuro nos pertence, e procuraremos juntos essa terra!

Harry e Glenarvan apertaram as mãos afetuosamente, como para ratificar o projeto.

Em seguida, naquela mesma ilha, na humilde casa, todos quiseram saber a história dos náufragos da *Britannia* durante aqueles dois longos anos.

Harry Grant apressou-se em satisfazer os desejos dos seus novos amigos.

— A minha história — disse ele, — é a de todos os Robinsons lançados sobre uma ilha deserta, e que não podendo contar senão com Deus e consigo mesmo, sabem que devem lutar pela vida!

"Foi durante a noite de 26 para 27 de junho de 1862 que a *Britannia* desmastreada ao fim de seis dias de forte tempestade, se despedaçou contra os rochedos de Maria Tereza. O mar estava furioso, era impossível a salvação, toda a minha pobre tripulação morreu. Só eu e os meus dois marinheiros Bob Learce e Joe Bell conseguimos chegar a terra depois de muito esforço!

"A terra onde nos abrigamos era apenas uma ilhota deserta de três quilômetros de largura, de comprimento de oito, com umas trinta árvores no interior, alguns campos e uma nascente de boa água que felizmente nunca seca. Só com os meus dois marinheiros, neste canto do mundo, não desesperei. Tive fé em Deus e preparei-me para lutar bravamente. Bob e Joe, meus valentes companheiros de infortúnio e meus amigos, auxiliaram-me energicamente.

"Começamos por recolher os destroços do navio. Conseguimos salvar algumas ferramentas, uma pouca pólvora, armas e um saco de preciosos grãos. Foram penosos os primeiros dias. Mas não tardou que a caça e a pesca nos fornecessem uma alimentação segura, porque as cabras selvagens abundavam no interior da ilha e os animais marinhos nas costas, enquanto preparávamos nossa plantação e aguardávamos a primeira colheita. A nossa existência foi-se pouco a pouco organizando regularmente.

"Conhecia exatamente a situação da ilhota por meio dos meus instrumentos que salvara do naufrágio. A sua posição punha-nos fora do rumo seguido pelos navios, e não podíamos ser recolhidos senão graças a algum acaso providencial.

Entretanto, ao mesmo tempo que pensava nos entes que me eram queridos e que não esperava tornar a ver, resignei-me corajosamente a tão dura provação.

"Trabalhávamos corajosamente, dia e noite. Semeamos logo alguma terra com os grãos que salvamos da *Britannia*; as batatas, a chicória, as azedas enriqueceram a nossa alimentação cotidiana. Apanhamos alguns cabritos que facilmente se domesticaram, e assim obtivemos leite e manteiga de boa qualidade. O nardo, que crescia nos leitos dos rios já secos, forneceu-nos uma espécie de pão bastante nutritivo, e até mesmo saboroso.

"Com os restos da *Britannia* tínhamos construído uma casa, que cobrimos com as velas bem alcatroadas, e debaixo deste sólido abrigo passamos perfeitamente a estação das chuvas. Aí discutimos muitos planos, oramos e sonhamos, e um dos melhores sonhos é o que se acabou de realizar!

"A princípio tinha tido a idéia de enfrentar o mar numa canoa feita com os restos do navio, porém, dois mil e quatrocentos quilômetros nos separavam da terra mais próxima, as ilhas do arquipélago de Pomotu. Nenhuma embarcação pequena poderia resistir a uma viagem tão longa. Desisti da empresa e fiquei esperando a salvação só da intervenção divina.

"Quantas vezes, do alto dos rochedos, vigiamos se algum navio passava ao largo! Durante o tempo que durou o nosso exílio, só duas ou três velas apareceram no horizonte, desaparecendo no mesmo instante! Assim se passaram dois anos e meio. Tínhamos poucas esperanças, porém, não nos desesperávamos.

"Finalmente ontem, subira ao cume mais alto da ilha, quando distingui uma ligeira nuvem de fumaça ao ocidente. Foi aumentando. Dentro de pouco tornava-se visível um navio. Parecia dirigir-se para nós. Mas não evitaria ele esta ilhota que não lhe oferecia nenhum ancoradouro? Ah! Que dia ! Os meus companheiros acenderam uma fogueira num dos picos de Maria Teresa. Chegou a noite, mas o navio não fez nenhum sinal de reconhecimento! E a salvação estava ali! Será que não conseguiríamos fazer com que notassem nossa presença?

"Perdi toda a hesitação. As trevas tornaram-se profundas. O navio podia dobrar a ilha durante a noite e desaparecer! Não pensei em mais nada, além da salvação, ali tão próxima. Lancei-me ao mar e dirigi-me para ele. A esperança triplicava-me as forças. Nadei com todas as minhas forças. Aproximava-me do navio, do qual poucos metros me separavam, quando ele virou de bordo!

"Foi então que voltei para terra, exausto, aniquilado pela comoção e pela fadiga. Os meus dois marinheiros pensaram que estava morrendo. Foi horrível a última noite que passamos na ilha, e já nos julgávamos para sempre abandonados, quando ao romper do dia avistei o navio novamente. Os senhores lançaram o escaler ao mar... Estávamos salvos, e, bondade divina! os meus filhos, os meus queridos filhos estendiam os braços para mim!

A narrativa de Harry Grant terminou em meio dos beijos e das carícias de Mary e de Robert. E foi só então que o capitão Grant soube que devia a salvação ao documento que oito dias depois do naufrágio metera numa garrafa e confiara ao capricho das ondas.

Paganel, durante a narrativa do capitão Grant, revolvia pela milésima vez no cérebro as palavras do documento! Pensava nas três interpretações sucessivas, todas três indicada naqueles papéis comidos do mar. Então ele não se conteve, e exclamou:

— Capitão, pode me dizer, finalmente o que dizia o seu indecifrável documento?

— Sim, porque durante tantos meses, estes documentos nos forneceram três diferentes interpretações — corroborou lorde Glenarvan.

E todos manifestaram a mesma curiosidade, porque a chave do enigma, que buscavam há nove meses, ia ser esclarecida!

— Ora bem, capitão — perguntou Paganel, — lembra-se dos termos precisos do documento?

— Perfeitamente — respondeu Harry Grant, muito sereno e seguro de si — e não se passava em dia que não me viessem à lembrança as palavras em que se fundavam a nossa única esperança.

— E que palavras são essas, capitão? — perguntou lorde Glenarvan. — Sim, porque durante tantos meses, estes documentos nos forneceram três diferentes interpretações, levando-nos a pontos bem diversos.

E todos manifestaram a mesma curiosidade, porque a chave do enigma, que buscavam há nove meses, ia ser finalmente esclarecida! O documento seria, finalmente, totalmente conhecido.

— Estou pronto a satisfazê-lo — respondeu Harry Grant; — mas sabe que para aumentar as probabilidades de salvação, encerrei na garrafa três documentos escritos em três línguas. Qual dos documentos deseja conhecer?

— Mas, não são eles idênticos? — exclamou Paganel, estupefato.

— São, apenas com um nome de diferença.

— Ora! Pois então decifre-nos o documento em francês — retorquiu Glenarvan; — é aquele que as ondas respeitaram mais e que serviu de base principal para as nossas várias interpretações.

— Milorde, ei-lo, palavra por palavra:

"No dia 27 de junho de 1862, a galera *Britannia*, de Glasgow, perdeu-se a dez mil quilômetros da Patagônia, no hemisfério austral. Dirigindo-se para terra, dois marinheiros e o capitão Grant, chegaram à ilha Tabor...

— O que! exclamou Paganel.

"Aí, prosseguiu Harry Grant, entregues a uma cruel indigência, lançaram este documento ao mar por 153° de longitude e 37° e 11' de latitude. Socorram-nos, senão estarão perdidos."

A este nome de Tabor, Paganel levantara-se repentinamente; em seguida, não podendo conter-se mais, exclamou:

— Como, a ilha Tabor! Mas é a ilha Maria Tereza!

— Decerto, senhor Paganel — retorquiu Harry Grant, — Maria Tereza nos mapas ingleses e alemães, mas Tabor nos mapas franceses!

Naquele momento Paganel levou no ombro um formidável soco que o fez vergar. O soco foi dado pelo major, o qual, pela primeira vez, faltava à sua gravidade habitual.

— Geógrafo! — disse Mac-Nabs no tom do mais profundo desprezo.

Mas Paganel nem sequer tinha sentido a mão do major. O que era aquilo comparado com o murro geográfico que o aniquilava!

Portanto, como disse ao capitão Grant, aproximara-se pouco a pouco da verdade! Decifrara quase completamente o indecifrável documento! Alternadamente as palavras Patagônia, Austrália, Nova Zelândia, tinham-lhe surgido com irrecusável evidência. *Contin*, a princípio *continente*, tinha pouco a pouco retomado a sua verdadeira significação de *continua*. *Indi* significara sucessivamente *índios*, *indígenas*, e finalmente *indigência*, seu verdadeira sentido. Só a palavra meio apagada, *abor*, deixara ficar mal a sagacidade do sábio geógrafo! Paganel fizera dela obstinadamente o radical da palavra *abordar*, quando era um nome próprio, o nome francês da ilha de Tabor, da ilha que servira de refúgio aos náufragos da *Britannia*! Erro difícil de evitar, ainda assim, porque os planisférios ingleses do *Duncan* davam àquela ilha deserta o nome de Maria Teresa.

— Não importa! — exclamava Paganel, arrancando os cabelos, — não devia ter esquecido este nome duplo. É uma falta imperdoável, um erro indigno de um secretário da sociedade de geografia! Estou desonrado!

— Mas, senhor Paganel — disse-lhe lady Helena, — modere o seu pesar!

— Não, senhora, não, não passo de um burro!

— E nem chega a um burro sábio! — acrescentou o major, à maneira de consolação.

Acabada a refeição, Harry Grant pôs tudo da casa em ordem. Não quis trazer nada consigo, para que o culpado herdasse as riquezas do homem de bem.

Voltaram para bordo. Glenarvan tencionava partir naquele dia e deu as suas ordens para o desembarque do contramestre. Ayrton foi conduzido para o tombadilho e achou-se em presença de Harry Grant.

— Eis-me aqui, Ayrton — disse Grant.

— Capitão — replicou Ayrton, sem mostrar admiração por se encontrar com Harry Grant. — Pois estimo tornar a vê-lo de perfeita saúde.

— Parece-me, Ayrton, que cometi uma falta em o desembarcar em terra habitada.

— Assim parece, capitão.

— Vai me substituir nesta ilha deserta. Possa o céu lhe inspirar arrependimento!

— Deus queira! — retorquiu Ayrton, com serenidade e firmeza.

Então Glenarvan, dirigiu-se ao contramestre:

— Insiste, Ayrton, em querer ficar abandonado?

— Sim, milorde.

— Convém-lhe a ilha Tabor?

— Perfeitamente.

— Agora, ouça as minhas palavras, Ayrton. Aqui, ficará afastado de toda a terra, e sem comunicação possível com os seus semelhantes. São raros os milagres, e não poderá fugir desta ilhota onde o *Duncan* o deixa. Estará só aqui, sob as vistas de um Deus que lê no mais fundo dos corações, mas não ficará perdido e ignorado, como o esteve o capitão Grant. Por indigno que seja da lembrança dos homens, os homens lembrar-se-ão do senhor. Sei onde está, sei onde poderei achá-lo, nunca o esquecerei.

— Deus o guarde, milorde! — retorquiu Ayrton com simplicidade e serenidade.

Estas foram as últimas palavras trocadas entre Glenarvan e o contramestre. O escaler esperava. Ayrton desembarcou.

John Mangles fizera de antemão transportar para a ilha algumas caixas de alimentos de conserva, roupas, ferramentas, armas e uma provisão de pólvora de chumbo. O contramestre podia, portanto, regenerar-se pelo trabalho; nada lhe faltava, nem livros, e entre outros a Bíblia.

Chegara a hora da separação. Todos estavam no convés. Mary Grant e lady Helena não dissimulavam a comoção.

— É preciso — perguntou lady Helena ao marido, — que o infeliz seja abandonado?

— Sim, Helena — respondeu Glenarvan. — É a expiação!

O escaler, comandado por Mangles, partiu. Ayrton, em pé, sempre impassível, tirou o chapéu e saudou-os com ar grave.

Glenarvan descobriu-se, e o mesmo fez a tripulação, como é costume diante de um homem que vai morrer, e o escaler afastou-se em meio de um profundo silêncio.

Chegando a terra, Ayrton, saltou do escaler, o qual voltou para bordo. Eram quatro horas da tarde, e de cima do tombadilho os passageiros puderam ver o contramestre, de braços cruzados, imóvel como uma estátua sobre um rochedo, e olhando para o navio.

Puderam ver o contramestre, de braços cruzados, imóvel como uma estátua sobre um rochedo, e olhando para o navio.

— Partimos, milorde? — perguntou John Mangles.

— Sim, John — replicou Glenarvan, mais comovido do que queria parecer.

— Partir! — gritou John ao engenheiro.

O vapor assobiou nos tubos, a hélice agitou as ondas, e às oito horas os últimos cimos da ilha Tabor sumiam-se nas trevas da noite.

22
A ÚLTIMA DISTRAÇÃO DE JACQUES PAGANEL

O *Duncan*, onze dias depois de ter deixado a ilha, a 18 de março, avistou a costa americana, e no dia seguinte fundeou na baía de Talcahuano.

Voltava ali após uma longa e atribulada viagem de cinco meses, durante a qual, seguindo rigorosamente o trajeto do paralelo trinta e sete, fizera a volta do mundo, não sem muitos perigos e riscos, corajosamente enfrentados e superados. Os passageiros desta memorável expedição, sem precedentes nos anais do *Traveller's club*, acabavam de atravessar o Chile, os Pampas, a república Argentina, o Atlântico, as ilhas Tristão da Cunha, o oceano Índico, as ilhas Amsterdã, a Austrália, a Nova Zelândia, a ilha Tabor e o Pacífico. Não tinham sido estéreis os seus esforços e reconduziam à pátria os náufragos da *Britannia*, que todos já julgavam perdidos para sempre.

Nenhum dos bravos escoceses, que haviam partido à voz de comando do seu lorde, faltava ao apelo; todos regressavam sãos e salvos à velha e querida Escócia, e esta gloriosa expedição lembrava a famosa batalha "sem lágrimas" da história antiga.

Depois de se abastecer, o *Duncan* navegou ao longo das costas da Patagônia, dobrou o cabo Horn e atravessou o Atlântico.

Nunca houve viagem mais tranqüila. O navio levava uma carga de felicidade. Não havia segredos a bordo, nem sequer os sentimentos de Mangles para com Mary Grant.

Só um mistério ainda preocupava Mac-Nabs. Porque é que Paganel se conservava hermeticamente embrulhado em sua roupa até às orelhas? O major ardia de curiosidade em saber o motivo daquela singular mania. Mas era caso para se dizer que apesar das interrogações, alusões e suspeitas de Mac-Nabs, Paganel não se desabotoava.

E, o que mais admira, até nem se desabotoou quando o *Duncan* passou a linha e as costuras do convés se abriram sob um calor de cinqüenta graus.

— É tão distraído que se julga em S. Petersburgo — dizia o major, vendo o geógrafo embrulhado no seu amplo casacão, como se o mercúrio gelasse no termômetro, sem abrir nem um só botão.

Finalmente, a 9 de maio, cinqüenta e três dias depois de largar de Talcahuano, John Mangles avistou os faróis do cabo Clear. O navio entrou pelo canal Saint-Geoges, atravessou o mar da Irlanda, e a 10 de maio entrou no golfo de Clyde. Às onze horas chegava em Dumbarton. Pelas duas horas da tarde os seus passageiros entravam em Malcolm-Castle, em meio a calorosos vivas.

Estava, pois, escrito que Harry Grant e os seus dois companheiros seriam salvos, e que John Mangles desposaria Mary Grant na velha catedral de Saint-Mungo, onde o reverendo Paxton, depois de orar nove meses antes pela salvação do pai, abençoou o casamento da filha e do seu salvador. Estava também escrito que Robert seria marinheiro como Harry Grant, marinheiro como John Mangles, e tentaria com eles, e sob a alta proteção de lorde Glenarvan, a realização dos grandes projetos do capitão.

Mas estaria igualmente escrito que Jacques Paganel não havia de morrer solteiro? Parece que sim.

Com efeito, o sapiente geógrafo, depois da suas heróicas façanhas, não podia escapar à celebridade. As suas distrações fizeram furor na alta sociedade escocesa. Todos queriam gozar a presença da sua pessoa, e não chegava para as atenções de que era objeto.

E foi então que uma amável donzela de trinta anos, nada menos que a prima do major Mac-Nabs, também um pouco excêntrica, mas excelente pessoa e ainda formosa, se apaixonou pelas singularidades do geógrafo e ofereceu-lhe a sua mão. Dentro dessa mãozinha havia um milhão, mas evitaram falar nisso.

Paganel estava longe de se mostrar insensível aos sentimentos da formosa srta. Arabela; mas não se atrevia a tomar uma decisão.

Foi o major que servíu de intermediário entre aqueles corações feitos um para o outro. Chegou até a dizer a Paganel que o casamento era a "última distração" que podia permitir a si mesmo.

Observou-se grande embaraço em Paganel, o qual, por uma inexplicável singularidade, não se atrevia a proferir a palavra fatal.

— Não lhe agrada a srta. Arabela — perguntava-lhe incessantemente Mac-Nabs.

— Oh! Major, ela é formosa! — exclamou Paganel. — Mil vezes formosa, e, para tudo dizer, estimava até que o não fosse tanto! Queria ver-lhe um defeito.

— Esteja sossegado — retorquiu o major, — tem, e até mais de um. A mulher mais perfeita possui sempre o seu contingente. Portanto, Paganel, está resolvido?

— Não me atrevo — tornava Paganel.

— Vejamos, meu caro sábio, porque hesita?

— Sou indigno da srta. Arabela! — respondia invariavelmente o geógrafo.

213

E não saía disto.

Afinal, colocado um dia contra a parede, acabou por lhe confiar, debaixo de segredo, uma particularidade que devia facilitar o seu reconhecimento, se a polícia alguma vez lhe andasse na pista.

— O que! — exclamou o major.

— É como lhe digo — replicou Paganel.

— Isso não tem a menor importância!

— Acha mesmo?

— Pelo contrário, isso torna-o mais singular. Aumenta os seus méritos pessoais! Faz do senhor o homem sem-igual sonhado por Arabela.

E o major, conservando a sua seriedade imperturbável, deixou Paganel entregue às mais pungentes inquietações.

Entre Mac-Nabs e Arabela houve um pequeno colóquio.

Passados quinze dias celebrava-se um estrondoso casamento na capela de Malcolm-Castle. Paganel estava magnífico, mas hermeticamente abotoado, e a srta. Arabela esplêndida.

E o segredo do geógrafo ficaria para sempre sepultado nos abismos do desconhecido, se o major não tivesse dito alguma coisa a esse respeito a Glenarvan, que não o ocultou a lady Helena, a qual também disse alguma coisa à sra. Mangles. Numa palavra, o segredo chegou aos ouvidos da sra. Olbinett, e se espalhou.

Durante os três dias de cativeiro entre os maoris, Jacques Paganel tinha sido pintado, mas pintado dos pés até aos ombros, e trazia no peito a imagem do kiwi heráldico, de asas abertas, e mordendo-lhe no coração. Foi à única aventura da sua grande viagem de que nunca se consolou e que não perdoou à Nova Zelândia; foi também o que, apesar dos pedidos e das saudades, o impediu de voltar à França. Teve receios de expor na sua pessoa toda a sociedade de geografia aos gracejos dos caricaturistas e dos jornais baratos, levando-lhe um secretário pintado.

O regresso do capitão à Escócia foi saudado como um acontecimento nacional, e Harry Grant tornou-se o homem mais popular da velha Caledônia. Seu filho Robert tornou-se marinheiro como ele e como o capitão John, e é sob os auspícios de lorde Glenarvan que retomou o projeto de fundar uma colônia escocesa nos mares do Pacífico.

Este livro *O Oceano Pacífico* — OS FILHOS DO CAPITÃO GRANT III é o volume nº 10 da coleção *Viagens Extraordinárias — Obras Completas de Júlio Verne.* Impresso na Editora Gráfica Líthera Maciel Ltda, à Rua Simão Antônio, 1.070 — Contagem, para a Villa Rica Editoras Reunidas Ltda, à Rua São Geraldo, 53 — Belo Horizonte. No Catálogo Geral leva o número 06071/1B. ISBN: 85-7344-526-2.